氷室絵馬―その総て―

松本　敬子

目次

氷室絵馬―その総て―

プロローグ

四半世紀以上も前になる――正確には三十六年前、季節は春。一世を風靡《ふうび》した青春スター氷室《ひむろ》絵馬《えま》が入院先の病院の屋上から飛び降り自殺した（五月の誕生日を迎えておらず、享年二十二）。

「ハリウッドからの誘いをあっさり蹴った日本の新進スター」として世界中の話題をさらったこともある氷室絵馬は日本屈指の造船会社社長を父として生まれ、日本の私立女学校の中ではナンバーワンと自他ともに認められている高輪女学院に初等部から通った生粋《きっすい》のお嬢様だった。自宅マンションの浴室で転倒して意識もうろうとした状態で救急搬送された前後の状況も不可解なものだったし、「徐々に回復に向かっている」と発表されていたにもかかわらず、その一ヶ月後に病院の屋上から飛び降りて自ら命を絶つという死に方は大いに謎が残った。

当時、さまざまな憶測が流れたものだ。しかし、本当のことは誰にもわからぬままに時は過ぎ、すっかり風化された感がある。現に、道行く若者たちに「氷室絵馬を知っているか」と聞いたところで「知っている」と言う者は皆無《かいむ》だ。ほんの数年しか芸能活動をしていなかったわけだから、若い人が知らないのも無理はない。それが今年になって上梓《じょうし》された一冊の本によって、彼女の生き様に改めてスポットライトが当たることとなった。

※

平成三十年年明け早々、国富《くにとみ》という精神科医が書いた『Ｅｍｍａ――その総《すべ》て』という小説がとある出版社に持ち込まれ、三千部という少ない数で彼女の命日三月二十八日に発売された。はなから「売れるはずない」と思われていたから新聞広告もさほど大きくはなかったが、『平成によみがえる氷室絵馬』という惹句《じゃっく》が国民に人気の高い代議士Ａの目に止まった。

彼は絵馬と同年生まれなので平成三十年で五十九歳を迎えるわけだが、学生時代に道を歩いていて「俳優にならないか」とスカウトされたほどの美形にいささかの崩れは見られず、英国留学していたせいで態度はいたってジェントルで、流暢《りゅうちょう》に英語を操った。女性層に絶大な人気を誇るＡ代議士が婦人雑誌の初春インタビューの中で「最近読んで心に残った本の一冊」として名前を出したことから、一気に火が付いた。

「新聞広告を見た瞬間、僕の頭で青春時代の思い出が走馬灯のように駆け巡りました。あの頃、氷室絵馬さんは僕たちにとってまさに燦然《さんぜん》と輝くスターでした。もちろん、すぐに取り寄せて読みました。どこまで真相に迫っているかわからないが、絵馬さんを再び感じられるようで実に嬉しい、嬉しい限りです」

Ａ代議士のおかげで半年過ぎた今現在「年内にミリオン達成は間違いなし」と、どのメディアも報じている。

富豪ともいえる家庭に生まれ、たぐいまれなる美貌を持ち、短期間でスターダムを駆けのぼり、最後は自ら命を絶つという形でこの世から去ってしまった氷室絵馬――

若い女性の多くはこの本を読んだ後、「自殺はいやだけど、こういう短くも華やかに駆け抜ける人生に憧れます」と熱っぽく語り、彼女と同年代を生きた人々は「自分の意思で天国に旅立ったのは、スター氷室絵馬としての最後の矜持《きょうじ》を示したのでしょう」と理解を示した。

こうして今、氷室絵馬が人々の心に復活することとなり、映画化の話まで出ているという。実際に映画化されるとしたら、誰が絵馬を演じることができるだろう。中途半端なアイドルタレントでは駄目だ。知的でセクシーで、かつ上品でなくてはならない。なんといっても日本屈指の造船会社の令嬢だったわけだから。


「精神科医が分析したスターの実相ですか」

問われるたび、著者の国富は、

「文豪佐藤春夫先生が『小説は根も葉もある嘘である』と言っておられましたよね。小説って、そんなものなのですよ」

と皆を煙に巻くだけで、それ以上は語らない。もっとも、国富が実際の絵馬に出会ったのはスターになってからだから、それまでのことは完全に彼の想像であろう。いや、ここで一人の証人が登場する。

「氷室絵馬さんの本名は室町《むろまち》絵馬、日本だけでなく世界でも知られている室町造船株式会社の一人娘さんです。早くにお母さんと死別されたので、看護師をしていた私の叔母長谷《はせ》川《がわ》辰子《たつこ》が絵馬さんの乳母兼養育係りを務めていました。叔母が亡くなったのは四十年も前のことですが、克明に日記を残していました。遺品整理している時に母が見つけて『辰子らしく、絵馬さんの乳母をしていた時代のことを丁寧な字で細かく記してあるわ。子育ての役に立つかもしれないから、あなたが持っていなさい』と私に渡してくれました。その時は単にメモとして目を通しただけでしたが、この年になって読み返すと叔母が何を言いたかったのかがわかってきました。彼女はこの世に送られて来た、稀有な美貌を持つ悪魔的な人だったんじゃないかと思います」

語るのは、長谷川辰子の姪沢木《さわき》和子《かずこ》。ある日のこと、なにげなくテレビをつけた和子は健康相談を受けている国富が「演技性パーソナリティ障害」について語っていたのを見た。それによると、演技性パーソナリティー障害の人は注目の的でいたいので常に演技的で、時には身体症状に訴えてさえ周囲の関心を引こうとするという。ハッと感じることがあり、すぐに彼女は叔母の残した日記を手に日本海に面した小さな街から電車を幾つも乗り継いで、都内の大学病院に勤務する国富を訪ねていった。そこで、どんな内容が語られたか当事者しかわからない。ただ、「悪魔的な人」という言葉は訪問してきた最初の日に、国富に取り次いだ秘書が聞いていた。

※

「絵馬さんを幼少時から知っていた長谷川辰子さんの日記を拝見する機会があったからこ

そ、『Ｅｍｍａ――その総て』が成できたのです。お断りしておきますが、実在された長谷川辰子さんをモデルに長谷部《はせべ》珠子《たまこ》という女性が登場しますが、ノンフィクションではないので小説の長谷部珠子さんイコール長谷川辰子さんだと思わないでください。そして、絵馬さんが生きた時代はまだ『看護師』という言葉はなく、看護師は『看護婦』と呼ばれていました。ですから、作品の中で看護婦という表記は時代的に間違っていないことをご理解して読み進めてください。そして、繰り返しますが『小説は根も葉もある嘘である』という文豪佐藤春夫先生の言葉もお忘れなく」

この国富の言葉を踏まえて、どこまでがフィクションでどこからがノンフィクションかと追及するような無粋《ぶすい》なことはしないのがよかろう。

かく言う私は室町一族のことをよく知っている者であり、絵馬の誕生から自死まで遠くから見てきた。時は流れ、私自身のお迎えも近いと自覚している。だからこそ、この話題の本を老人の独り語りとして徒然《つれづれ》なるままに紹介させてもらいたいと思う。

一、いわくある出生

絵馬の父室生儀一《ぎいち》は、愛媛県の北東部に位置する今治《いまばり》市の人間である。今治町と日吉村が合併して今治市となった大正九年から三年目の大正十二年元旦に生まれた（正確には大正十一年十二月三十日生まれなのだが、「二日ほどの誤差やし、誰も文句は言わんやろ」という父親の判断で元旦が誕生日となった）。彼の父は瀬戸内海の島々に生活物資を運ぶ一杯船主《いっぱいせんしゅ》の一人だった。船主であると同時に船長、そして保有するのは小型船一つ。だから、一杯船主と呼ばれたのである。

儀一は十代の頃から父親と一緒になって木造の小船を操って今治港から朝早く船出し、大島・伯方《はかた》島・馬島といった今治市に属する小さな島々に米やら肉やら乾物など生活物資を運んで回った。夜間に緊急連絡を受けて島まで急病人を迎えに行き、今治港まで全速力で走って戻ることも再々のことだった（今でこそ、広島県尾道市と愛媛県今治市は車だけでなく自転車や徒歩でも渡ることができる「しまなみ海道」と呼ばれる架橋でつながっているが、この頃はそんな橋の構想すら練られることはなかった）。

子供の頃から進取《しんしゅ》の気性にたけていた儀一は物を運ぶという単調な生活に飽き足らず、尋常高等小学校を卒業した日にたった一人で「気難しいが、一番の技量者」と評判の高い船大工に弟子入りを頼みに行った。この地域に船大工は彼だけではなかったが、儀一の父が褒《ほ》めていたのはこの人だけだった。

「船で運ぶのではなく、運ぶ船をこの手で作りたい。よろしゅうお頼みします」

「お前、親に相談したんか」

「今から言うつもりじゃけんど、反対されんと思います」

「なんで、そう言えるんぞ」

「父さんはいつも『あの親方は口は悪いが、腕は確かじゃ。それに、男気のある、よう出来たお方じゃ』と褒めとりますけん。嘘じゃないです、じかに父さんに聞いてもろてもかまいません。弟子にしてもらえたら死ぬ気で頑張ります、誓います」

小柄な十四歳の少年の目力を気に入って、親方は弟子入りを許可した。

「仕事は見て覚えるもんやぞ」

「わかっとります」

怒鳴るだけでなくすぐに手が出るような昔気質《むかしかたぎ》の親方だったが儀一は必死で喰らいつき、ついには見込まれて親方の一人娘久江《ひさえ》と結婚することとなった。

久江は鬼瓦みたいな風貌の両親に似ず、小さい頃から「小町娘」と評判の純和風美人だった。色は抜けるように白く、目元口元愛らしく、誰が見ても優しい雛人形のような美しさで誰もが見惚れた。

「親父さんもおっ母さんも揃って強面《こわもて》で、がさつな人じゃにのう。誰に似て、あそこまで上出来の娘が出来たもんやら」

「突然変異、っちゅうやつやないか」

周囲は多少のやっかみを込めて「トンビがタカを生んだ」と言い合ったりした。とは言え、容姿が優れているだけでなく久江の性格は非常に優しく穏やかだったから、どこの誰が難点を付けようとしても付けようがなかった。年頃になった彼女に近郷近在の若者たちが求愛したものだ。儀一も他の者同様、心底から久江に憧れていたが「わしみたいなチビの男は、問題外や」と自らに言い聞かせ、はなから諦めるように努めていた。

（ひどい面相ではないが、悲しいかな、身長が足らんけん）

それを、親方から「おまえ、娘をもろてくれるかな」と打診された時、儀一はでんぐり返しを三回も四回もしたくなった。

時は昭和十七年初春——既に太平洋戦争に突入していたが、日本軍がシンガポールを占領したというニュースが日本の勝利を約束したかのように駆け巡っていた頃のこと。

「戦争は有利に展開しとるようやが、相手が大国アメリカさんともなればいつどうなるかわからん話や。わしはたった一人の娘の身が心配でならん。家族は多いほうがええ。お前、娘をもろうてくれ。いかんか」

「いかんわけ、ないです」

儀一は大声で即答し、こぶしでドンと胸を叩いた。儀一のきらきら光る目を見つめ、親方は満足げに大きくうなずいた。

「そいじゃ、話を進めるけん。式は暑うならん五月あたりでえぇか」

「べつに、五月より早かってもかまいませんけん」

「そいじゃ、こっちの嫁入り支度が整い次第ということにしようかの」

「有難うございます」

儀一は直立不動すると、義父となる親方に最敬礼した。一方、久江は父親から、

「戦争がひどうならん内に、儀一と結婚せい」

と命じられた時、頬を赤らめたものの一瞬の迷いも見せず、

「はい」

と返事した。年若い久江だが、儀一ほど誠実かつ生命力にあふれる男はいないと第六感が見抜いていた。

※

十九歳と十七歳の若い夫婦の誕生だった。太平洋戦争が末期的症状になるまで家長と大学に通う者は徴兵猶予《ちょうへいゆうよ》とされていたから、当時二十歳《はたち》そこそこで世帯を持たせて徴兵猶予措置を願う親は多かった。つまり、儀一と久江のような若い夫婦はこの頃少しも珍しいことではなかったのである。

結婚後の彼は以前にもまして寸暇《すんか》を惜しんで働き、ついには双方の親類縁者を説得してなけなしのお金を出させて父祖の墓のある今治市波方町《なみかたちょう》に『むろう造船』という会社を設立した。木造船を作る、有限会社よりずっと格下の合資会社だったが、儀一は鼻高々だった。

「一杯船主から身を起こし、わしは社長になったんやぞ。どうや。お前も社長夫人ぞ」

小鼻をひくひくさせて得意顔の夫を見ても、おとなしい妻はただ微笑むだけだった。太平洋戦争終結三年目、昭和二十三年三月のことである。

※

子供の頃から、儀一は小柄な体躯《たいく》を気にしていた。一メートル五十そこそこの身長しかなかったので、夫婦で並ぶと久江の耳のラインあたりに儀一の頭が来た。

(顔の造作は悪うないのになあ)

結婚した頃は蚊トンボのように痩せていたが、年々筋肉もついてガッチリした体格になっていた。いかんせん、身長は変わりなく、儀一はそれが残念でならなかった。彼の双眸《そうぼう》には強い生命力がみなぎり全身にパワーが満ちあふれていたから、人は口をそろえて「背の低さなど、気にすることはない」と言ってくれた。しかし、彼は不満でならなかった。

「人間、押し出しが立派なほうがええに決まっとるわい」

ある時、太陽王と呼ばれたルイ十四世が上げ底靴を履いていたという逸話《いつわ》を耳にした彼は、「これじゃ」と快哉《かいさい》を叫んだ。太陽王ルイ十四世を真似ようと決めた儀一は、すぐさま靴の中敷に厚みのあるコルクを貼るという「上げ底靴」を特注した。この特注靴を履くことによって、七センチほどさばを読めた(本当はもっともっと高くしたかったのだが、靴屋に「あまり高くすると前屈みになって、転倒の危険が出てきます」と注意されて断念せざるを得なかった)。

「栄耀栄華《えいようえいが》を一手に握ったフランスの王様じゃて、背の低さを気にして上げ底靴を履いとったんじゃ。とどのつまり、少しでも柄が大きいほうが相手を威圧できてええということなんじゃや。一流になるためには、柄を大きゅう見せねばならぬ。わしは、一流になる身じゃけん」

上昇志向の強い彼は寝言にまで「一流、一流」と言う始末で、日本女性の美徳を完璧に兼ね備えていると言っても過言ではない久江もこれには閉口して、

「あなた、いい加減にしてください」

と、苦言を呈する始末だった。

木造船の時代を経て鋼船を作るようになった昭和二十四年には、会社は有限会社へと発展していた。

「今よりもっと、金になる道は」考えた挙げ句、儀一は原油を運ぶタンカーに目をつけた。

「タンカーじゃや。これからは、石油資源のない日本に石油を運ぶ船造りの時代ぞ」

内海を走る船とは違ってタンカー建造にはかなりの資金と知識を必要としたが、彼は持ち前の度胸でその道のプロの意見を求めて東奔西走《とうほんせいそう》した挙げ句、体当たりで銀行に融資を頼みに行くことにした。

狙いは松山市に本店を置く伊予《いよ》銀行。創業明治十一年三月の伊予銀行は全国的に見ても優良銀行で、この時の儀一の立場ではまだ敷居が高かった。しかし、彼はみじんも怖気《おじけ》づいたりはしなかった。

儀一は日曜の朝早く伊予銀行今治支店長宅を訪ねると、自らの企画をまくし立てた。

「――こういうことで、タンカーを私に造らせていただけるようご融資をお願いしたいのです」

幸いにも、支店長は銀行マンとしてしつけができていた。彼は辟易《へきえき》したことをおくびにも出さず柔和な笑顔で、突然やって来た目の前の小男の壮大な夢物語を最後まで聞いてやった。ひと通り聞き終えたのち、

「額があまりに大きいので、私の一存では決めかねます。本店に聞いてみませんと。しかし、聞いたところで許可が下りますでしょうか。難しいと思いますが」

と、暗に断った。

「では、本店に聞きにいく時はぜひ、私を一緒にお連れください。私の口から話させてほしいのです。絶対に損はさせません」

よもだの好きな奴だ。こいつ、俺が聞きにいくと決めてかかっている――支店長は腹で笑った。「よもだ」とは、「ふざけたこと」という今治の方言である。

（しかし……）

頭の禿げかかった支店長は、放たれる矢のごとく鋭い儀一の眼光に興味を持った。

（今までに出会った誰より、目に力がある）

一つ、よもだ男の話に乗ってやろうじゃないか。俺も酔狂《すいきょう》だが、こいつも酔狂じゃ。そう思いながら、支店長は自分の名刺を渡した。

「私は多忙で一緒に参れそうもないですが、上の者に話は通しておきます。私の名刺を持っ

て本店融資部に行ってごらんなさい」

「有難うございます。生涯、恩に着ますけん」

割れんばかりの声で礼を言うと、儀一は支店長宅を退去した。

とんでもない金額だったが、本店融資部の部長がたたき上げの苦労人だったのが幸いした。

彼も今治支店長同様に、儀一の眼光が気に入った。

「承知しました。双方が納得いく額で、ご融資致しましょう」

その代わり、儀一はすべてを抵当に入れることとなった。

「英語で言うところの『オール・オア・ナッシング』、いや『ナッシング・オア・オール』やったかの。まあどっちでもええ。これからが、伸るか反るかの大勝負じゃ」

儀一は誰にも内緒で自分が入れる限りの複数の生命保険に加入した。失敗したら首を吊るまでよ――儀一は天を仰いだ。腹を据えた以上、何も怖くはなかった。ただ、いつまでも懐妊しない久江の身だけが心配でならなかった。

幸運なことに、昭和二十五年隣国で朝鮮戦争が勃発《ぼっぱつ》した。日本全土に特需の風が吹いた。敗戦で停滞していた日本は特需景気に沸きかえり、『有限会社・むろう造船』で造るタンカーは造るそばから飛ぶように売れた。機を逃がさず、儀一は有限会社から株式会社へと改組することにした。

「株式会社にした時点で、『むろう』を『室生』と漢字に直す。どうや、重みが出て一流らしいやろ」

久江に言うと、

「あなたの十八番《おはこ》の『一流』ですか」

と、穏やかに笑った。

「ほうよ、わしは神さんに守られとる。ええ時期にお隣りさんは戦争を起こしてくれた」

古びた小さな家をさっさと売り払い、本社の裏手にある山をそっくり買い取って切り崩すと皆が仰天するほど豪華な邸宅を建てた。それは見る角度によって、アメリカのホワイトハウスのようでもありフランスのヴェルサイユ宮殿のようでもあった。

「力を倍以上に見せるのも、商売するうえで大事なことぞ。人は、わしの力に脅威を感じてくれるやろ」

あちこちの角度から撮らせた自慢の邸宅の写真を寝室の壁じゅうに貼りまわる夫を見て、久江は万年少年とはこの人のことだと思った。

※

信じられないほどゼロの付いた数字がどんどん、彼の所有口座に振り込まれた。伊予銀行今治支店は室生造船株式会社のおかげでどの支店より大きな黒字を生み出し、儀一を本店融資部に紹介した支店長は本店役付きとなって意気揚々と県都松山に戻っていった。

順風満帆の儀一だったが、いつが来ても子宝にめぐまれなかった。

「夫婦仲はええのになあ。どうしたもんかのう」

思案した末、恥ずかしがる久江の手を引っ張って儀一は市内一と評判の産婦人科病院を訪れた。女性ばかりの診療室に入って不妊相談することは儀一としても大いにためらわれたものの、「聞くはいっ時の恥」と割り切った。

検査の結果、夫婦どちらにも器質的な異常はないと言われた。

「そんなら、いつ子供に恵まれますか」

真剣な顔で尋ねる儀一に、診察にあたった老院長は「焦らず、コウノトリ任せにしていたらいいですよ」と微笑んだ。

(そうは言うても、会社は年々大きゅうなっとる。跡取りがいないでは社員も弱るというもんじゃや。お家騒動の原因は、いつの時代も直系の子供が生まれてないからや。親戚の端くれに至るまで役員に顔を並べとっても、トップはやはり直系が押さえんといかん)

外に子供を作ろうという気持ちは全くなかった。久江を心から愛していたのも理由の一つだったが、「秀頼が太閤秀吉の本妻ねねが生んでいた子供であったなら、誰も弓引くことはできなかったろう。正妻が生んでこそ、跡取りは重んじられる」というのが彼の持論だった。

(本妻でない女の生んだ子供は、どんなに飾ったところで「あれは外腹《そとばら》か」と軽んじられる)

自分の子に、よもや人から後ろ指をさされるような点が一箇所でもあってはならぬ。ここは、久江に頑張って生んでもらうしかないのだ。

(それにしても、どうしたもんかのう)

そんな折、昼休みに女性社員たちが、

「石鎚山《いしづちさん》のふもとに占いや霊視を得意とするおばあさんが居て、何代にもわたって女の子しか生まれなかった旧家の人が占ってもらったところ『初代から数えて八代目で元気な男児が生まれます』と言われ、先日そこに玉のような男の子が誕生して、数えてみたら本当に八代目になる子だったそうよ」

と話しているのを小耳に挟んだ。その人は近隣の人から「お竹ばあさん」と呼ばれていて、年齢は不詳《ふしょう》。今治から車で三十分ほど東に走ったところの西条市《さいじょうし》に属する四国一の高さを誇る石鎚山のふもとにある『竹山』という甘酒屋の娘として生まれた彼女は少女の頃から霊感に秀でており、五つの時に近所の人の余命を当てたのが最初の霊視だった。結婚歴はなく、親が死んでからもずっと甘酒屋を続けているが、甘酒屋より占い客のほうがはるかに多い。休日になると、各地から若い女性達が集まってきている。生年月日と名前を聞くだけで、ズバズバと当てていく。謝礼はお心まかせ――儀一がさりげなさを装って得た情報はこういった内容だった。

(こっそり行ってみようかいのう)

さすがに、久江に話すと笑われそうで話せなかった。大の男がどの面下《つらさ》げて「占いに行ってみるか」と言えよう、言えるはずがない。

彼は仕事の合い間をぬって平日の昼下がり、秘書にも誰にも内緒で今治駅から汽車を使って西条市まで出かけることにした。今治市において、彼はあまりにも顔を知られていた。行き先を知られたくない儀一にしてみたら、市中を走っているタクシーさえも使うわけにはいかなかった。

※

夏の暑い盛りだった。夕刻になろうとしているのに、汗が滝のように流れるほどの暑さだった。初めて下車した西条駅は思った以上に簡素で小さく、乗降客もまばらだった。

(平日ということもあろうが、えらく寂しい街やのう)

西日本で最高峰の石鎚山がある西条市は今治市の半分にも満たない人口と聞いている。商都といわれる今治市とはだいぶ違うなあと思いながら、儀一はネクタイをはずして上着のポケットにしまった。

(背広を着てくるまでもなかったわい)

さすがに、ここでは顔を知る者はいないだろうと駅舎正面で待機している派手なオレンジ色の小型タクシーに乗った。

車内の涼しい空気で、いっぺんに汗が引いた。

「石鎚山のふもとにある『竹山』という甘酒の店を知っとるかね。そこに行ってほしいんじゃが、わかるかいの」

白髪まじりの運転手は体をねじって儀一を見て「ははあ、占いですかいのう」とうっすら笑った。いい年してと嘲笑《ちょうしょう》された気がした儀一はムッとした。

「どんな人かと聞いとるだけじゃが」

「どうもこうも……」

イグニッション・キーを回して車を発進させながら、運転手はミラー越しに儀一を見ながら顔をしかめた。「不気味なばあさんですよ。だいぶ前に、娘の縁談を見てもらおうと家内と二人で出かけたことがありましたがね。体から妖気が漂うみたいで、ああいう年寄り、私は苦手ですけん」

「ほう」

儀一は身を乗り出した。「何ぞ、いやなことを言われたんかい」

「いやなこと、って言うより」

運転手は前方に視線を当てたまま、言葉を続けた。「家内の顔を見た途端、『あんた、娘の縁談の心配する暇はない。早う、病院に行きなさい。死が近い』そう言いましてね」

「死が近い？」

「はあ。帰宅して近所の診療所で調べたところ、家内は膵臓《すいぞう》癌に侵されていましてね。三ヶ月もちませんでした」

「それは気の毒に。どう言ったらええもんやら」

「以来、悩むことがあっても占いには足を向けません。未来を知るのもどうかと思いますけん。自然の流れに任せたらええことで」

「自然の流れ……か」

それ以上会話するのをやめて、儀一は窓から外を見た。どこにでもある田舎の風景だった。儀一が黙ってしまったので、運転手も黙々と運転を続けた。

蝉しぐれの中、くねくねした細い道を走ること十五分。タクシーは、『竹山』と黒字で書かれたくすんだ木製看板が屋根に横長に掛かった茶店の前で停まった。時代劇に出てきそうなレトロな茶店を青々とした竹が幾重《いくえ》にも囲っていて、見た目いかにも涼しげだった。

(涼しいだけでなく、大きな地震が起きてもこれだけの数の竹の根がこの家を守るんやろうな)

妙に感心した。

「平日やから、誰もおらんみたいですね。これが日曜なら、都会から来た若い子たちでいっぱいになっとりますがね。よかったら、ここでお待ちしましょうか」

「ああ、そうやな。バスの停留所を探すのも面倒やし、こんなところではタクシーも捕まらんやろからなあ」

運転手に待機するよう言い残して、儀一は曇りガラスの引き戸をがらがらと開けて中に入った。中には、誰も居なかった。

※

「ごめんください」

客の一人も居ない店内は八畳ほどの広さで、どこもかしこもくすぼった感じがした。左右の壁の全開された窓から一向に風が入ってくる気配はなかったが、囲っているたくさんの竹のおかげで影を作って暑くはなかった。

四人掛け木製テーブルが壁に一辺をくっつけて左右に二つずつ計四つ。中央には囲炉裏《いろり》があり、囲炉裏を囲むように丸太の椅子が無造作に点々と並べられていた（この季節、さすがに囲炉裏に火は入っていなかった）。

「ごめんください」

戸口で再び声を張り上げると、正面の藍色の暖簾《のれん》をかきわけてやや腰の曲がった小柄な老婆が出てきた。

「お待たせいたしました。ちょいと湯を沸かしておりまして」

老婆の頭は雪をかぶったように真っ白だったがきちんと櫛目がとおっていて、てっぺんで小さな団子にしていた。平凡な田舎の老婆といった感じだが、年齢が読めなかった。

（八十くらいか。いや、もっと上か。まさか、百歳ではあるまい）

紫色の作務衣《さむえ》が妙に似合っていて、不思議な雰囲気の漂う年寄りだった。この皺《しわ》だらけの年寄りがお竹ばあさんかと思いながら、

「占いが上手と聞いて、ちょっと見てほしいことがあってね」

儀一が言うと、

「占いというより、見えてくるものを告げるという霊視なんですけどね。まずはこちらへどうぞ」

彼女は手招きして、儀一に丸太椅子の一つを勧めた。

「丸太に座ってお尻が痛いようなら、お座布団を持ってきましょうか」

「いや、結構」

儀一が座るのを待ってから、彼女も儀一と向かい合う形で腰を下ろした。

「さてと」

お竹ばあさんは作務衣のポケットからおもむろに懐紙とちびた鉛筆を取り出すと、どうぞと儀一に渡した。

「飲食以外のお客様が多いので、こうしていつも紙と鉛筆を携えているのでございます。あなた様のお名前と生年月日をお書きくださいまし」

茶道で使う白い上質な懐紙とお竹ばあさんの組み合わせが面白いと思いながら、儀一はさらさらと自分の生年月日と名前を書いた。

「結婚して長いのに、子供がなかなか授かりませんのでね。どうしたものやらと気になりましてね」

儀一が鉛筆ごと戻した懐紙の文字を、お竹ばあさんはしばらくじっと眺めていた。やがて、なにやら口のうちでぶつぶつ言っていたかと思うと視線を上げた。

「国に大層めでたいことが起きる年、女の子が生まれます。とても綺麗な嬢ちゃんです」

視線は儀一に向いていたものの儀一の背後にあるものを見ているといった感じで、お竹ばあさんはぽつっぽつっと言葉を続けた。

「火のような激しさを持ち、そのせいで自ら災いをこうむることになるやも知れません」

「災い、ですと？」

儀一は身を乗り出した。

「天下を取るだけの器量と度胸がありますが『過ぎたるは及ばざるがごとし』ということわざもありますように、なんでも度を過ぎたら災いを招くことになりかねません」

皺の中に埋まったような小さな目は話しているうちに異様な暗い光を帯びてきたようで、不気味だった。

「そんじょそこらの大人など太刀打ちできないだけの、知恵がめぐる嬢ちゃんです。いい方向に向けばいいが……そうでないなら大きな災いが」

儀一は不安を感じて、

「もうええですわい。いくらでしょうかな」

椅子から立って背広の内ポケットからワニ皮の長財布を取り出した儀一を下からすくうように見ながら、老婆は言った。

「お心まかせで結構ですが、生まれてくる嬢ちゃんには神社に関連した名前をお付けなさることですよ。災いを避けるために」

儀一は露骨に眉をひそめた。

「災い災いと、そう繰り返して言われたら気になりますわい。どういう災いですかの」

「私にも定かにわかりかねますけれど……」

老婆は座ったままで続けた。「望めば世界征服も叶うだけのエネルギーを持って生まれますが、自ら仕掛けた罠にはまるみたいな怖いことになる。そんな感じかと」

「自ら仕掛けた罠、ですと?」

「とにかく、災いを避ける護符のつもりで神社にちなんだ名前をお付けになさるとええ。なにや知らぬけれど、寒気を感じて」

「急ぐので失礼するよ」

財布から千円札を一枚取り出して彼女の前に置くなり、儀一は憮然《ぶぜん》として店を出た。待たせていたタクシーが西条駅に着くまで、儀一は一言も口を開かなかった。

※

明仁皇太子殿下と正田美智子さんとのご成婚は昭和三十四年四月十日で祝賀気分が残っている五月一日早朝、久江は待望の子供を出産した。

分娩室《ぶんべんしつ》の前ではらはらしながら待っている儀一に、担当した医師自らが白いおくるみに包んだ赤子を腕に抱いて、

「丸々とした元気な女の子ですよ。生まれだちなのに、こんなにまで綺麗に整ったお顔の赤ちゃんは見たことがありません」

と満面の笑みで現れた時、お竹ばあさんが口から出した「災い」という言葉を思い出して心に暗雲を感じた儀一だった。しかし、それも一瞬のこと——生まれたばかりの我が子の目鼻立ちは完璧といえるほどに整っており、髪の毛も黒々と、それはもうため息が出るほど美しかった。

（なあに、どんな災いもわしの財力で吹き飛ばしてやるからな）

今治城の敷地内にある吹揚《ふきあげ》神社が今治市では一番大きな神社だった。退院したら親子三人

で吹揚神社にお参りしなければと思った瞬間、絵馬という文字が儀一の脳裏を走った。

(名前は絵馬。絵馬に決まりじゃ)

神社にちなんだ名前だし、アメリカにエマ何とかという美人女優がいた記憶がある。

(確か、Ｅｍｍａと書いてエマと発音しとった)

これなら、欧米でも通用する。気掛かりなこともこれにて一件落着だと思った。


お七夜《しちや》に親族一同を招いた宴席で儀一が娘の名前を告げると、最高齢の老人が立ち上がって乾杯の音頭をとった。

「神様に守られて、儀一久江長女の行く末は万々歳でござります。先では天下一の婿を迎えて、室生造船は発展の一途でありましょう」

皆が拍手し、和気藹々《わきあいあい》と宴《うたげ》が進む中、儀一はまたお竹ばあさんの言葉を思い出してしまい、払いのけようと左右に首を振った。

「あなた、どうしましたか。頭痛でも?」

儀一の腕に手を置いて心配そうに尋ねる久江に、儀一は、

「嬉しさで酔いが早く回ったみたいじゃ」

と笑い飛ばした。石鎚山のふもとまでお竹ばあさんに会いに出かけたという話は誰にも話していなかったし、今後も話す気はなかった。

(何も心配することはない)

儀一は、強く自分に言い聞かせた。この時、儀一三十六歳、久江は三十四歳。結婚して十七年も経っていた。

二、幼な子の気質

国の内外では安保闘争やベトナム戦争キューバ危機といった騒々しい事件が続いていたが、絵馬は「室生御殿」と呼ばれる広壮な邸宅の中ですくすくと元気に育っていた。儀一は絵馬を抱いた久江のスナップ写真を暇さえあれば撮りまくり、その一枚をつねに背広の内ポケットにしのばせて仕事の合い間に取り出しては見入っていた。

(色の白いところは母親譲りだが、純和風の久江とはまた違った顔じゃ)

自分や一族の誰とも似てない。かといって、久江が自分以外の男の子供を生むわけがない。石鎚山のふもとのお竹ばあさんの言葉はずっと儀一の胸に沈殿していたが、これほどまでに美しい娘を授かったことは一生懸命働いてきた自分への神様からのご褒美《ほうび》と思って気にしないように努めた。

赤ん坊というものは言葉が話せない頃から目や手の動きで自分の意思を表すものだが、絵馬はそれが顕著だった。はっきりした自我を示し、気に入らないことがあると大人が従ってくれるまで手足をばたつかせて泣きわめいた。近所にある幼稚園に満三歳になる前から通わせることになったのも、自我を通した絵馬の勝利の一例だった。

※

「いつもお散歩に行く道にある、あの赤いお屋根の幼稚園に行きたい」

事の始まりは、フェンス越しに園児たちがにぎやかに遊ぶさまを指さして言い出したことから。

「三歳のお誕生日が過ぎて、桜が咲く春になったら幼稚園に行ける年になるの。絵馬ちゃんは二歳のお誕生日は過ぎたけれど、クリスマスやお正月が来て五月にならないと三歳にならないの。三歳になってからの春が来たら、幼稚園生になれるのよ」

説明する久江に、絵馬は首をかしげて少し考えていた。それから、幼児とも思えぬ落ち着いた口調で、

「三歳のお誕生日が過ぎた春からじゃなくて、今度の春から幼稚園に行っていいと思う」

「早く幼稚園に入っても、絵馬より一つ年上のお兄さんお姉さんと遊ぶことになるの。二歳じゃなくて、三歳のお誕生日が来てから入ったら同じ年のお友達がいっぱいで楽しいのよ」

「でも、鈴子《すずこ》ちゃんは今度の春から幼稚園に行くって言ってたわ。鈴子ちゃんは三月生まれで、私は五月生まれ。そんなにお誕生日は変わらないのに、どうして私は駄目なの？」

「どうしてって、そういう決まりなんだから」

絵馬はふくれっ面になって、不機嫌を体いっぱいに表して黙りこんでしまった。

鈴子というのは、儀一の母方の従兄弟《いとこ》の娘である。儀一より三つ年長のこの従兄弟は幼い頃から神童と言われるほど非常に優秀で奨学金制度を活用して京都大学を出て都市銀行に勤務していたが、「会社幹部は身内で固めたい」という儀一の強い希望で愛媛に呼び戻されて、入社当初から経理部統括責任者のポストを与えられていた。勤勉かつ誠実な人柄は皆から頼られるに充分だったし、室生邸から徒歩五分のところに小ぶりながらもきれいな邸宅を用意してやったのも儀一の彼への信頼度の証しだった。家が近いこともあって、鈴子と絵馬はよちよち歩きの時から実の姉妹のように仲良くしていた。学年では一つ上になる鈴子だが三月生まれのせいか、身長体重ともに絵馬と大差なかった。みやびな優しい顔立ちの鈴子は性格もおっとりしていたので、久江としても非常に気に入っていて彼女が遊びに来るのをいつも歓迎していた。

「絵馬も鈴子ちゃんみたいに、もっとおとなしかったらよかったのに」

「従兄弟の子供やから血縁としては遠いけど、こうして一緒に育っていたら鈴子ちゃんに感化されておとなしゅうなるやろよ」

「そうだといいですけど……」

久江は首を傾げて、ちょっと思案する顔になった。

「絵馬は負けん気が強すぎる感がして、親として心配ですわ」

瞬間、儀一の脳裏をお竹ばあさんの言葉が駆け巡った。がすぐにそれを振り払って、儀一は豪快に笑い飛ばした。

「負けん気が強いのは、わし譲りや。顔立ちはあまり親に似てないが、気性はわしにそっくりで、こんな嬉しいことはない。いずれ、わしの築いたものを引き継ぐんやからな。負けん気が強いの、おおいに結構。結構なことじゃないか」

わざと手を叩いてはしゃいでみせる儀一を見て、久江は、

「あなたがそう言うなら、心配も杞憂《きゆう》ね」

と、静かに微笑《ほほえ》んだ。

やがて、儀一と久江は絵馬が鈴子と一緒に幼稚園に入ることを諦めてなかったことを知ることとなる。年末、親子でNHK紅白歌合戦を見ていた時——年末年始は通いの家政婦も休みで、広い家の中に親子三人がテレビの前に陣取って食後のデザートのアイスクリームを食べている時のことだった。

「私、やっぱり鈴子ちゃんと一緒に幼稚園に行きたい」

きりっとした表情で、絵馬は両親に言った。

「行きたいから、鈴子ちゃんと一緒に行けるようにして」

「あのね、絵馬ちゃん。鈴子ちゃんは来年四月までに三歳になっているから幼稚園に行けるけど、五月生まれの絵馬ちゃんはもう一年待たないと幼稚園には行けないの。説明がわかりにくいだろうけど、そういう決まりなの。前にも話したはずよ」

久江が噛んで含めるように言っても、絵馬は譲らなかった。

「鈴子ちゃんだって、『一緒に幼稚園に行けるといいね』って言ってくれてるわ。私と鈴子ちゃんとは背の高さも変わらないし、同じくらい上手にひらがなが書けるわ」

ばたばたと足を踏み鳴らし、小さなこぶしを振り回して我を通そうとする娘を久江は閉口した顔で見て、

「どうしましょうね……」

と、儀一に助けを求めた（儀一は後年になってからも、しばしばこの場面を思い出した。大みそかつまり十二月三十一日の会話だから、五月一日生まれの絵馬はこの時まだ満二歳と八カ月だ。生まれて千日どころか八百数十日にしかならない絵馬の理路整然とした話しぶりに舌を巻く思いを感じたと同時に、どうやっても我を通そうとする性格の強さが案じられた）。

結局、幼稚園は義務教育ではないからと儀一自らが園長に直談判《じかだんぱん》に行くことになった。園児の少ない幼稚園だったから一人でも人数が増えることは園側として悪いことではなかったけれど、園長は不思議がった。

「ここいらでは三年保育より二年保育を希望する家庭が多いというのに、室生さんはお嬢さんを三年どころか四年も幼稚園に来させるんですか」

「娘は一人っ子で周囲に遊び友達といっても二ヶ月違いの親戚の子が一人いるだけで、寂しがりますんでね。それに、五月一日生まれだから三月生まれの子供とそんなに体格的にも違いがないですので、ご無理を言いますが――」

「無理ということはないですが、三歳になる前から園に来て、泣いたりしませんかなあ」

「それはないと思います。さっき話した、二ヶ月違いの親戚の子と一緒に通園したいと言っていますから」

「そういうことなら」

一年早く入園を許可された幼稚園で、絵馬は年少組を二回することになった。

「ほらね。私は鈴子ちゃんと一緒だわ」

入園式の日の朝、誘いに来た鈴子と同じ水色のスモックを着た絵馬は得意そうに万歳をしてみせた。

※

儀一が園の行事には極力参加したのは一人娘の絵馬が可愛かったこともあるが、久江が出産してからというもの体調がすぐれず家の中で寝たり起きたりの日々が続いていたせいだ。

(幼稚園というところは月に一度の参観日だけじゃなく、遠足だの運動会だのバザーだのと親が駆り出されることが多いんやなあ)

親の出番が多いのに呆れながらも、儀一はこうした行事に参加することが苦ではなかった。行くたびに絵馬の利発さを感じることができたからである。三歳を迎えてから入園した他の子供と比べてやや小さく感じられたが、絵馬の顔立ちの美しさや立ち居振る舞いの機敏なことは誰にも負けていなかった。

(お竹ばあさんは妙な言い方をしたが、愚鈍より優秀なほうがいいに決まっとるわい)

儀一は、利発な絵馬が自慢でならなかった。


出産後すっかり虚弱体質に変わってしまった久江は、

「この手で絵馬の面倒も充分に見られず、すみません」

と、熱を出して床《とこ》に臥《ふ》すたびにさめざめと泣いた。

「寝たり起きたりでもええけん、絵馬のために長生きせいよ。母親というものは、生きているだけでええんやからな」

儀一より二歳下の久江だから、絵馬を出産したのは三十四歳の時だ。三十五歳以上で出産をすることを高齢出産と呼ぶが、当時は三十を過ぎているだけで充分に高齢出産とみなされていた時代だった。

（「跡取りは実子じゃないといけない」といつも信条を口にしていたせいで無理させてしもうた）

結婚して十七年目に待望の実子は持てたが、それまでの間ずっと久江の心の負担になっていたに違いない。儀一は久江を不憫《ふびん》に思った。

（済まんのう、久江。頼むけん、長生きしてくれよ）

儀一の久江への愛は少年時代と少しも変わることはなかった。久江のために、儀一は八方手を尽くして良い乳母を探すことにした。

「母親である久江を補助する立ち位置でなくてはならぬ以上、でしゃばりでは困る。若すぎては頼りないし、あまり年上だと久江がおとなしいと見てなめてかかるかもしれぬ。どこぞに、適任者はおらんかい」

あちこちに相談をかけているうち、自宅が隣同士という縁で親しい仲になっていた波方町立病院の院長が一人の女性を紹介してくれた。

「うちに勤めている長谷部珠子という看護婦がいいでしょう。年は五十幾つかと思いますが、実に賢くて思慮深い女性ですよ。信用のおける人です」

「小児科に勤務していた人ですか」

「いや、ご承知のようにうちの場合は小児科も含む内科全般です。子供の扱いも上手ですから、絵馬ちゃんの乳母として何ら心配いりません」

「自分のお子さんは何人ですか」

「はあ、それが」

院長は少し口ごもってから「若い頃にいろいろあったようで、一度も結婚しておらんのですよ」

「いろいろあったとは?」

なんらかの医療ミスでもしでかしたのかと危惧《きぐ》する儀一に、院長は苦笑いして続けた。

「人づてに聞いていることですから定かな事情をよくは知らないのですが、二十歳そこそこの時に勤務先のドクターと恋仲になったのを相手の親に猛反対されたそうで」

失恋の痛手でずっと一人身を通したわけか。なあんだ、と儀一は腹の中で笑った。

「親の反対で破談になった恋愛物語なんぞ、珍しくもない。テレビや映画のドラマの題材でよく扱われている話じゃないですか。考えてみたら、二十歳の頃の失恋が尾を引いてずっと独身をとおしてきたというのも純情でええやないですか。子育てしてないところだけが残念ですが」

「ご心配に及びません。女手一つで育ててくれた母親を共に看取った年の離れた妹さんは小学校教諭ですが、この人は職場結婚して女のお子さんが一人居ましてね。この子は現在小学三年になっていますが、小さい頃からよく面倒を見ていたそうですよ。なにしろ、両親ともに教師ですから学校行事でなにかと忙しくて、そういう時は姪っ子を病院のほうに下校させて一緒に帰宅して家に泊まらせて親以上に気配りしていたと聞いています。室生さんから相談された時、ちょうど『母の長年の介護で疲れた。少しお休みをもらいたい』と言ってきたとこだったのです。長谷部も病院勤務より専属乳母のほうが楽でしょうし、人物はこの私が保証します」

院長にそこまで言われては、儀一としても断れなかった。

「では、長谷部さんに来ていただくようにしたいと思います。乳母というと時代錯誤の感じがするから養育係りとでも呼ばせてもらいましょかいのう」

「乳母とか養育係りとか堅苦しく考えず、奥さんを手助けする長谷部さん、ということでいいじゃないですか。一件落着、よかったよかった」

山羊《やぎ》のような白いあごひげを震わせて、院長は満足そうに笑った。

※

一年早く幼稚園に入園した絵馬が二度目の年少組さんとなった昭和三十八年四月から、長谷部は室生邸に一室与えられて住み込みという形で久江の補助をすることとなった。

仕事内容は、幼稚園への送り迎え・久江の体調がすぐれず参加できない時の園行事への参加・お絵かき教室などの稽古事の付き添い・就学に備えての学習指導。給料は病院からもらっていた二倍の金額にして、食事も家族と一緒のテーブルに就くことを許可した。それだけでなく、絵馬を園に送ってから迎えに行くまでの間の何時間かを長谷部自身の家に戻って掃除したり仏壇の花を変えたりする時間に当ててよいという許可も与えた。ずいぶんな厚遇といえたが、これは久江が「そうしてあげて」と言ったからである。

最初の日、グレイのスーツでやって来た長谷部を見て、儀一は大いに驚いた。髪を男のように短く刈り込んだ長谷部珠子は落ちくぼんだ丸い眼――俗にいう金壺眼《かなつぼまなこ》という目――をしていて、鼻は高いが魔女のような鷲鼻《わしばな》で、口は大きかった。身長は標準だが横幅がないので、まるで鉛筆のように感じられた。院長は「五十幾つか」と言ったが、六十歳と言っても不思議ではない地味さだった。外見だけからいうと、恋愛体験があるとは到底思えなかった。醜女《しこめ》の深情けというタイプだろうか――儀一は腹の中でつぶやいた。

どう見ても平均以下の容貌だったが、鈴を転がすような柔らかな声は心を穏やかにさせた。久江も、すぐに長谷部を気に入った。

「長谷部さん、お幾つになられますか」

「私、老けて見られるのですが、六月で満五十歳になります。ですから、今はまだ四十代なんですよ。といっても、四十九でぎりぎりですけど」

「私も今の時点では三十七歳ですが、もうすぐ三十八になります。と言うことは、私たち一回り違いの同じ干支《えと》ですね。なんだか、嬉しいですわ」

「そう言ってもらえたら、こちらも嬉しいです。よろしくお願いいたします」

「こちらこそ、どうぞよろしく」

二人の会話を横で聞きながら、儀一は次に院長に会ったら長谷部の正確な年齢を教えてやろうと思った。「院長は彼女の年齢を五十幾つかと言っておられたが、六月が来てやっと五十の大台に乗るそうですよ」と伝えたら、院長もへえええっと目を剥《む》くことだろう。儀一は少しばかり愉快な気分になった。

「さて、絵馬はどこかね」

「さっきまでここに居たのですけれど、来客を知らせるチャイムが鳴ったらサッと走り出たんですよ。どこに行ったのでしょう」

家政婦に言って、絵馬を探させた。やがて、家政婦に手を引かれて絵馬がやって来た。この日の絵馬は、久江が選んだちょうちん袖になった黄色いチューリップの裾模様の付いた白いワンピースを着ていた。左右に三つ編みした毛先には服の模様と同じ黄色のリボンを選んで、久江が蝶結びしてやっていた。絵馬が動くたびにそのリボンが揺れて、ことさら彼女を愛らしく見せていた。

「長谷部さんに『こんにちは』の挨拶をせんか」

「こんにちは」

ちょこんと頭をさげる姿の可愛らしさに、長谷部はにっこりした。

「どこに行っとったか。『今日はお母さんが具合の悪い時はお母さんの代わりをしてくれる長谷部さんという人が来てくれるから、お母さんとお部屋で待っていなさい』と言うとったのを忘れたか」

「忘れてなんかいないわ。ご門のチャイムが鳴ったからどんな人かなって、お二階の窓から見ていたの」

儀一はともかく、久江は常日頃から言葉遣いには注意を払うほうだった。気取っているからではなく、誰に対しても丁寧な言葉を使うだけで相手も自分も幸せな気持ちになれると信じていた。そういうこともあり、幼い娘にテレビを見せる時は教育テレビを中心に見せていた。もちろん、母である自身の日頃の言葉遣いに気配りしたのは言うまでもなかった。そのせいで、絵馬は普段からきれいな標準語で話すことができたのである。この時も訛《なま》りのない口調で、

「カーテンの間から見ていて、絵本に出てくるトロルさんそっくりと思ったわ」

と言い放つなり、うふっと笑って部屋を走り出てしまった。これまで絵馬に添い寝して絵本を読み聞かせてきた久江だったから、当然ながらトロルについて知っていた。久江は大い

にまごついて、言葉が出なかった。

「行儀の悪い事で失礼しましたな。それにしても、トロルとはなんじゃ」

自分に視線を向けた夫に、久江はいつになく口ごもってしまった。愛くるしい見かけに性格も愛らしいのかと思ってしまった自分の甘さを自嘲しながら、長谷部が久江に代わって答えた。

「トロルというのは、ノルウェーの民話に出てくる人食い鬼のことですわ。私が男みたいなごつい顔をしているから、そう言ったんだと思います」

儀一は返事に窮《きゅう》した。

「ああ、そんなことは。ちっとも」

もごもごと言葉を探す儀一に、長谷部は静かに笑った。

「よろしいんですよ。私、いつだって最初は小さい子からあんなふうに言われてきましたから。いいんです、慣れています」

久江は胸がいっぱいになり、思わず駆け寄って長谷部の手をぎゅっと握りしめた。

「あなたは素敵な人です。私にはわかります」

「……有難うございます」

久江の慈愛に満ちたまなざしに心打たれた長谷部は、この人のためにここで頑張ってみようと心に誓った。

※

長谷部はでしゃばらず、常に分というものをわきまえている人間だった。久江の体調がよくて床から起きている時は、

「お母様が今日はお具合がよくて、お床から起きておいでです。今日はお母様に遊んでもらってください。私はお母様に呼ばれるまで、自分のお部屋のお片付けをしています」

と、一歩引く姿勢を崩さなかった。邸内一階の勝手口に近い八畳間が彼女の部屋になっていたが、小さな文机《ふづくえ》（先年亡くなった母親の写真と筆記用具の入った木箱が置かれていた）と幼児教育関連の書籍が詰まった本箱と衣類を入れる小さなタンス、小型ラジオしかない部屋だった。

「毎回お布団の上げ下ろしも大変でしょうから、ベッドを用意しましょう」

「長谷部さん専用のテレビをお部屋に買いましょう」

儀一や久江がしきりに言っても、長谷部は、

「テレビなら、家に帰った時に観ていますから」

と首を横に振るだけで、何かを要求するようなことはなかった。

「いい人を紹介してもらえた」

と、儀一が町立病院院長に感謝したのは言うまでもなかった。

一年もしないうち、長谷部は室生家に無くてはならぬ人になっていた。謙虚な姿勢は、家政婦や出入りの魚屋や庭師たちにも大変評判がよかった。儀一と久江は何かにつけて、

「長谷部さんはどう思いますか？」

と、彼女の意見を求めた。しかし、絵馬だけは長谷部とは一線を画した態度を崩さなかった（と、儀一の目には映った）。


ある日曜日のこと――この日予定していた商談が早く終わったので、儀一にしては珍しく夕刻前に自邸に戻ってくると、鈴子が来ていた。

「玄関に鈴子ちゃんの赤い靴があったが、子供たちはどこかね」

リビングに来てネクタイを外しながら、久江に尋ねた。

「あの子たち、さっきまで庭でボール遊びをしていたんですけど、『粘土遊びする』とか言い出して絵馬の部屋に行きましたわ」

「ちょいと覗いて、鈴子ちゃんに『おうちの方にはおじさんから電話しておくから、晩御飯を食べてお帰り』と言ってみようかな」

「それはいいですわね。鈴子ちゃんが晩御飯を一緒に食べるなら、今から鈴子ちゃんが大好きなお砂糖いっぱいのだし巻き卵を作ってあげましょう」

生け花の水を換えていた手を休めて、久江はにっこりした。

螺旋《らせん》階段を上ったちょうど正面が、絵馬の部屋になっていた。儀一がそのドアのノブに手をかけた時、

「わかったでしょ？」

という絵馬の鋭い声を耳にした。ハッとして、儀一は動作を止めた。

「あの人は召使いなのよ。鈴子ちゃんは誰にでもにこにこするところがあるけれど、召使いにまでにこにこすることはないのよ」

「長谷部さんって、絵馬ちゃんにお勉強を教えてくれる先生じゃないの？」

「違うわ。私のお父さんからお金をもらって、私を幼稚園に連れて行ってくれて迎えに来てくれたり、病気のお母さんの代わりをしてくれているだけの人よ。小学生になっても困らないようにお勉強も教えてくれているけれど、お父さんからたくさんお金をもらっているんだから当たり前のことだわ。み～んな、お仕事なの。童話に出てくる召使いと一緒よ。召使いだってお休みが必要だから、日曜日は自分のお家に戻ってテレビを見ているのよ」

「ほうなん」

「鈴子ちゃん」

鋭い声で絵馬は注意した。

「『ほうなん』なんて言っちゃ駄目よ。『そうなの』って言わないと」

無言の鈴子に、絵馬は強い口調で続けた。

「鈴子ちゃんって年中組さんなのに、ちゃんとした言葉で喋らないのは可笑《おか》しいわ。年少組さんを二回している私だって、こうしてきちんと喋れるのに」

「そいでも……」

「鈴子ちゃん、何回言ったらわかるの。『そいでも』じゃないわ、『それでも』って言わないと東京の人に笑われるわよ。東京は日本一の街よ。だから、東京の人はみんな、きれいな言葉で話すの。『そいでも』なんて、絶対に言わないわ」

一言も聞き漏らすまいと、儀一はドアに耳をくっつけずにはいられなかった。

「どう、わかった？」

しばらく間があって、鈴子が、

「絵馬ちゃんの言うようにしてみる」

と、小さな声で答えるのが聞こえた。

（四歳児がここまで言うもんじゃろうか）

背中に冷水を浴びせかけられた気分になった。まざまざと石鎚山のお竹ばあさんの言葉が耳朶《じだ》によみがえった。どうしたらいいかと思案するより早く、「悪い性格なら、早くに矯正したらええことじゃ」と、儀一の口からこぼれていた。そうだ、そのための親じゃないかと、儀一は一筋の光明を見たように感じた。しかし……。

（生まれつきの性格というものは簡単に直るものだろうか）

儀一は子供部屋に入らず、そっと踵《きびす》を返してリビングに戻った。

「どうでした？」

「何が？」

「何がって……鈴子ちゃんが晩御飯を一緒に食べるかという話ですよ」

「あ、いや。鈴子ちゃんは家で食べるそうや」

鈴子が二ヶ月とはいえ年下の絵馬に振り回されているのを、儀一は可哀想に思わないではいられなかった。

三、高輪女学院初等部

(長谷部のことを召使いやなんて、よう言えたもんや)

あの日以来、儀一は絵馬の気性がとてつもなく空恐ろしく感じられるようになっていた。絵馬は神から並外れた美貌をもらった代わりに、性格的に欠如したところがあるに違いない。「鉄は熱いうちに打て」ということわざが示すとおり、幼いうちに正しい人格に導かねばならぬ。

(かといって、病弱な久江に相談するわけにはいかんし……)

久江が心痛める話など、一つとして耳に入れたくなかった。一人悩んだ挙げ句、「親元から放して、寄宿舎生活をさせよう」という結論を出した。これは、経済人の会合に出席した時に今治市から出ている近藤《こんどう》という与党代議士との雑談が発端だった。

「娘三人とも今治小学校を卒業後は、中学からは東京港区の高輪《たかなわ》女学院に入れて寄宿舎生活をさせました。格式ある女学院だから親御さんも立派な方ばかりで、そういうところでの寄宿舎生活は勉強面だけでなく情操教育の面でもきちんと指導してくれて有難いことでした。高輪女学院を出ているというだけで、よい縁談が降ってきますからなあ。わっはっは」

「そんないい学校ですか?」

「おや、室生さんともあろう人が高輪女学院をご存じないとは意外ですなあ。女学校では知る人ぞ知る、名門中の名門ですぞ」

電柱工事業務をしながら市議から県議、県議から代議士へと短期間で出世の階段を駆けのぼってきたこのチビデブの代議士は(低い身長を気にして上げ底靴を特注している儀一より、まだ数センチ低かった。しかし、彼はそれをむしろ武器に「柄はこんまい近藤ですが、小回りのよく利く近藤です」と、選挙民への人心掌握《しょうあく》術として活用していた)お世辞にも綺麗といえない娘三人を高輪女学院に進ませて三人が三人とも「名家」と呼ばれる伝統ある家に嫁がせたことを自慢に思い、何かにつけて吹聴していた。子供を早いうちから親元から離して教育を受けさせるということが念頭になかった儀一は、ここにきて愁眉《しゅうび》を開く気分になった。

(そうか。近藤代議士の娘さんのように、絵馬を中学からそういう令嬢学校の寄宿舎にいれたらええわけか)

中学から外に出すのは寂しいことだが、絵馬の性格の悪しき面を矯正するにはやむを得ないと思った。

※

絵馬の「召使い」発言にはいっさい触れず、儀一は久江に寄宿学校入学の相談を持ちかけた。

「なあ、久江。相談なんやがのう」

「なんですの」

この時も久江は微熱を出して床に伏していたが、半身起きて儀一が話し出すのを待った。

「無理して起きんでもええのに。大丈夫か？」

「大丈夫。昨日よりずっと楽ですわ」

もともと色白だが近頃は青みを帯びてきているようで、儀一は心中に不安を覚えた。がすぐ、着ている青色の寝間着のせいだと思うようにして優しい笑顔を向けた。

「病弱で自らの手で育てにくい以上、今のように長谷部に預けるのも寄宿学校に入れるのも一緒のことやし、絵馬が小学校を卒業したら伝統ある女子大の付属中学に入れんかという相談なんやが。どう思うかね」

「女子大の付属中学？」

久江は突然の儀一からの申し出に呆気《あっけ》に取られた様子で、夫の顔をまじまじと見つめた。

「実は、近藤先生と話す機会があっての。先生とこの三人のお嬢さんは中学から高輪女学院に通ったそうじゃ。むろん、寄宿舎に入って通ったわけじゃが」

「高輪女学院って、東京の？」

「ほうよ、東京港区に古くからある超名門じゃ。初等部中等部高等部、大学とエスカレーター式で上がって、しかも卒業したら名家からの縁談が殺到するんやと」

儀一は、にわか勉強した高輪女学院に関する知識をとうとうと久江に披露した。

「神戸にある女学院も悪くはないんやが、成績優秀な子は大学進学の段階で外に出たりするらしい。その点、高輪女学院は医学部進学を希望する者以外、他大学に流れる者は一人もおらんそうや。それくらい、名門らしい」

久江は呆れ顔で夫を見ていたが、突飛と思える計画も夫の昔からの上昇願望の一環だろう――と解釈した。

「絵馬に近藤先生のお嬢さんがたの真似をさせて、よい縁談を勝ち取りたいのね。あなたったら、昔から『一流』が口癖なんですもの」

「さすが久江じゃ、よう見とる。絵馬を高輪女学院に中学から入れて、時間をかけて一流の貴婦人教育をしてもらうんじゃや。そうしたら、天下一の婿殿が来てくれて室生家は万々歳ということになるからな」

「貴婦人教育だなんて、時代錯誤な言い方をなさって」

久江はよほど可笑しかったのか、声をあげて笑った。久しぶりに聞く妻の明るい笑い声に、儀一も大きな声で笑った。

「じゃあ、そういうことで進めてもええな?」

「はい、どうぞ」

久江はふっと寂しげな表情になった。

「私、絵馬が結婚する日まで生きていられない気が……」

「何を縁起でもないことを言う」

儀一は久江を胸に抱きよせた。「絵馬のことはわしに任せて、お前は長生きすることだけ考えとったらええんじゃ」

「そうします。私、絵馬の花嫁姿を見るまでは生きていたいもの」

知り合いが先に行かせているということは何かと便利なものだ、と儀一は思った。

（どんな受験勉強をしたらいいか、近藤代議士によく聞いてみよう）

絵馬に小学校の六年間の早いうちから優秀な家庭教師を付けてやり、確かな実力をつけさせよう。そして、受験の時がきたら近藤代議士を通じて関係者にお包みを充分にしよう。いつの世も、つねに金が物言う。そして、わしは人に負けんだけの金を持っとる——

「出産と引き換えにこんなにまで体を弱らせたんやから、わしは生涯、お前を大事にするけんの。死に急ぐなよ、わかっとるな」

夫の胸に顔をうずめて、久江は何度もうなずいてみせた。

（金で命を買えるものなら、全財産を投げうってでも久江を長生きさせるのに……）

儀一の偽りのない気持ちだった。

『細く長く』をモットーにして、絵馬が成人して花嫁衣裳を着るその日まで何としても生きとるんやぞ。気を強うしてな」

久江は長い睫毛《まつげ》を伏せて、こっくりとうなずいた。はかなげな夕顔のような久江よ、長生きせいよ。長生きせいよ——儀一は胸中で繰り返した。

※

ちょっとした風邪から肺炎を併発した久江が一晩のうちに容態が急変して他界したのは昭和四十年春、桜が開花して満開になって葉桜になりかけた頃だった。幼稚園最後の年、絵馬が年長組にあがって数日しか経っていなかった。

久江の早すぎる死によって、絵馬を中学から東京に出すという計画は早められることとなった。

四十九日法要を終えて久江の納骨を済ますと、儀一は千代田区永田町の議員会館に近藤代議士を訪ねた。代議士のスケジュールは過密に立て込んでいたが、自分が地元今治市に帰る日を待たずして「ご相談したいことがある」と上京してきた儀一の面会申し込みを断ることはできなかった。

「家内には娘のために寝たっきりでもいいから生きとってくれよと念じておりましたが、こういう事態になってまことに残念無念でなりません。しかし、一人親になったことを悲しむよりも幼い娘の今後のことを考えねばならず……」

近藤は時間を気にしながら、儀一の突然の訪問の意図が何だろうかとあれこれ考えた。

「奥様のことはお気の毒なことでした。改めてお悔やみ申し上げると同時に、ご冥福を心よりお祈り申します」

「その節はお忙しい中を葬儀に参列して頂き、こちらこそ恐縮に存じます」

「それで、今日はどういうご用件でしょうか。いやなに、室生さんとゆっくり話したいのですが、次々と陳情に来られる方が分刻みで待っておられましてなあ。申し訳ないことですが、あまり時間が取れないんですよ」

額の汗を手のひらでぬぐいながら、近藤はせかせかと早口で尋ねた。実際、秘書から「十分で切り上げてくださいよ」と念押しされていた。早口は彼の悪癖で、議員になった時から一呼吸置くことを肝に銘じていたが、この時はすっかり失念していた。

「はあ、わかっとります。まことに恐縮の極みです」

形だけ頭を下げてから、儀一も代議士に負けぬほどの早口になって一気にまくし立てた。

「娘の絵馬は現在、幼稚園の年長組です。小学校から親元から放すのは寂しいしつらいことじゃが、私は近藤先生のお嬢さんがたが中学から進学なさった高輪女学院の初等部に絵馬を入れたいと思って、お知恵を拝借しに参上いたしました次第です。教育熱心な社員に聞いたら『大学入試と違って、ああした小学校はどことも秋には入学試験があるはずや』と言うもので、秋に入学試験があるならこりゃ大変、時間がないと慌ててしまいましてね。どうぞ、親バカとお笑いください。じゃが、なんとしても、私は娘を高輪女学院初等部に入れたいのです」

「ああ、そういうご相談でしたか」

近藤は豪快に笑った。

「高輪女学院初等部は例年、九月第四週目の月曜から木曜の間に出願してしまわないといけません。そして、十一月一日から三日までが試験日になっています。なあに、中学高校大学受験と違って、学力テストに関しては心配するほどのことはないでしょう。皆とうまくやっていけるか、協調性重視で決めているようです。合格発表は一週間後の十一月十日です。こんなに詳しいのは、実は長女の娘が昨年受験したからです。いったん入学してしまえば大学まで約束されていますから、長女の娘の将来も安心と大いに喜ばしいことと思っております。次女のところは男児ですから関係ないが、三女のほうは最近双子の女の子が誕生したので、家内とも『いずれは、この二人とも高輪女学院に入れねば』と話しているところなんです」

「おや、そうでしたか。急なことでどうしていいかと途方に暮れていましたが、矢も楯もたまらずこうして近藤先生に相談に来てよかった……心底から感謝します。受験対策について何卒《なにとぞ》、よろしくご教示ください」

「はっはっはっ、買い物ごっこみたいなことをさせるらしいですが、心配ご無用。私から、理事長ならびに院長に根回ししておきます。願書を出して受験番号が送られてきたら、すぐに秘書にその番号を知らせてください」

こんなに簡単に話が進むものかと、儀一は感激して深々と頭を下げた。

「ご恩は生涯忘れません。先生の選挙の時はどんなにでも尽力させてもらいます」

「ただ、一つ問題がありまして……」

「なんでしょう?」

儀一は眉を曇らせた。

「もしかして、両親そろってないといけませんのか」

「いや、そういうことじゃないです。離別死別に関係なく、一人親家庭がどうのこうの言うような学校ではありません」

「では、何なのですか」

「問題というのは、初等部の六年間はまだ幼いという理由で自宅通学が原則になっているんですよ。中学からは寄宿舎があり、ご存じのとおり我が娘三人とも中学からここの寄宿舎から通学しました。長女は東京の人に嫁いでおりますから、自宅から通うという条件も難なくクリアできて長女の娘は受験できたんです。双子を生んだ三女も東京に住まいがありますから初等部受験資格はあるわけなんですが、室生さんの場合は……」

「家の問題なら、心配いりません」

儀一は胸を張った。「すぐに手配して、学校のある港区にセキュリティ万全のマンションを買います。そこを『東京本宅』と名付けましょう。死んだ家内の信任厚かった元看護婦の長谷部という女性が乳母としてずっと一緒に暮らしておりますが、この長谷部は独り身で身軽です。彼女に母代わりとなってもらって、娘と一緒に東京暮らししてもらいます。私自身仕事で東京に出てくることは多いですが、娘がぶじ初等部に入った暁には時間をやりくりして上京回数を増やすようにします。それでどうでしょうか」

「さすが、室生さんですなあ。理事長には『世界のあちこちに支社や出張所を構える持つ室生さんは愛媛と東京に本宅を構えています。東京本宅から通うから、受験資格はあります。

よろしく頼みます』と強く言っておきます。任せてください」

近藤が自分の大口後援者である室生造船株式会社社長の意向に沿うよう、迅速に動いたのは言うまでもなかった。

※

昭和四十一年四月、絵馬は晴れて高輪女学院初等部一年生になった。

東京での新生活が始まる直前、儀一は絵馬を腕に抱いて、

「お母さんが死んだから東京の学校に行く時期が早くなってしもうたけど、お母さんも東京の学校に行かせることは賛成しとった話なんじゃ。長谷部さんが一緒に行ってくれるし、お父さんも仕事でしょっちゅう東京に行くし、心配せんでええけんな」

と、幼い娘が寂しさを感じないように気持ちを込めて言い聞かせた。

「長谷部さんと、あのぴかぴかのエレベーターのついた四角いお家に住むの？」

「あれはマンションと言うて、一つの建物にたくさんの人が住んでいるお家の集まりじゃ。一回だけだがお父さんと中を見に行ったからわかったろうが、新しく建ったばかりでトイレもお風呂もどこもかしこも最新式で素晴らしかったろう？マンションはいやか」

「いやじゃないわ。東京が好きだし、ドラマでエレベーターのついたお家が出てくるたび、格好いいなって思っていたから」

十一月の三日間に渡る試験期間中、超多忙な父が緊張した面持《おもも》ちで付き添ってくれて、試験が終了したその日のうちに「お父さんが下見して決めておいた東京のお家やぞ」とイタリ

ア大使館近くに建つ新築間もない豪華なマンションに連れていかれた時から、絵馬は自分が愛媛の家を離れることを悟っていた。かといって、そのことが寂しいとは全く思わなかった。

「四月に入学しても七月になったら夏休みじゃから、すぐ今治のお家に帰れる。学校のあるあいだも、お父さんも時間をやりくりして東京に行くようにする。じゃから、めそめそせんようにな」

絵馬はどうして自分がめそめそする理由があるのかと思ったものの、心配そうな儀一を見て神妙にうなずいた。

「東京には長谷部さんが一緒に行ってくれて、これまで以上に面倒を見てくれることになっとる。長谷部さんの口から出る言葉は天国のお母さんの言葉と思って、よう聞くんやぞ」

「そうするわ」

気のない返事をする絵馬に、儀一はよほど「長谷部さんは召使いではないぞ」と立ち聞きした日のことを持ち出して注意しようかと思った。しかし、ことさら強調するようなことになっては逆効果になると思ってグッとこらえた。

絵馬が長谷部のことを好きかどうか、儀一には今も判断がつきかねた。

「長谷部さんのこと、好きか」

儀一が折に触れて尋ねても、絵馬は「うん」と言うだけでそれ以上言わなかった。具体的にどう好きかと突っ込んでみても、「一緒に居てくれるから好きなの」と、あっさりしたものだった。

長谷部のほうはいつが来ても絵馬が苦手だった。嫌いという感情ではなく、とにかく苦手だった。だから、儀一からこれこれで四月から高輪女学院初等部に通わせることになっているので、ついては都内に買ったマンションで絵馬と一緒に暮らしてほしいと頼まれた時、さすがに東京まではといったんは断った。ところが、

「こんなにまで久江は長谷部さんを信頼しとったんや。どうか、引き受けてほしい」

と、儀一から久江の残した日記を見せられて気が変わった。その日記には随所に自分の名前が出てきて「誠実で優しくて、絵馬を託して安心の人」と褒めたたえていた。

(そうだった。私がここに来た最初の時、手を握って「私は、あなたは素敵な人です。私にはわかります」と言ってくれた)

生前の久江の優しさ温かさを思い出し、長谷部は東京に付いていくことを了承した。

「絵馬が長谷部さんにご無礼な言動をした場合は、夜中でもいつでもかまわんから電話してください。正直言うて、わしは絵馬の気性に少し問題を感じとる。間違った道に進まねばいいがと案じられてならんのよ」

儀一が本音を吐露すると、長谷部は静かに答えた。

「あれだけの器量で生まれたからには、その代償として何か欠落したものがあるのかもしれません。でも、人間はみんな神の御心《みこころ》のもとにあるんです。心配なさらずとも、神様がいい方向に導いてくださいます」

「長谷部さんはクリスチャンかね」

「いいえ。私はキリスト教の信者ではないですが、人知を超えた神の存在は信じています。自分の力ではどうにもならないと悟った時、私は『神の御心でこうなった』と自分の心に言い聞かせて心を鎮めてまいりました。振り返ってみたらつらいこともありましたが、誰のことも恨んだりしません」

ここに来て、儀一は久江が「長谷部さんは素敵な人よ」と言っていた意味が百パーセント理解できたと思った。


当時今治市にあるデパートといえば「太洋《たいよう》デパート」という、都会の人が見たら「スーパーでしょう」と笑ってしまうほど小さな店しかなかった。

「東京に行けば、お城のようなデパートがたくさんあるのよ。私、テレビで見たから知っているの。お父さんが東京に来るたびに東京じゅうのデパートを回ってもらっていっぱいお買い物をするから、鈴子ちゃんにもお土産をたくさん持って帰るわね」

波方町立小学校の一年生になっていた鈴子は次の春からは絵馬と一緒に登校できると思っていたので、嬉々《きき》として上京を知らせる絵馬の態度に非常にがっかりさせられた。しかし、

「絵馬ちゃんには東京の小学校のほうが似合っているわ。よかったわね」

と、優しい鈴子らしく絵馬の新しい門出を心から祝った。

四、儀一の純情

愛妻を亡くした儀一は絵馬を東京に出したあと、料理上手な家政婦を別途新たに雇い入れて一人暮らしを続けていた。当然のように、儀一の元にはいろいろなルートから再婚話が持ち込まれた。

仲人をさせてくださいと言って写真だの釣書《つりがき》だのを持って訪れる人たちに、

「実際のところ、室生造船の広島支店、神戸支店、東京支店を定期的に回るだけで非常に疲れるんですよ。この度は台北に続いて、シンガポールにも出張所を出しましたしな。協力会社を含めたら、従業員は千人に余ります。その人たちの生活がかかっておるわけで、一分一秒たりとも気を抜けません。その間をぬって経済同好会に顔を出したり、東京の学校に通わせている娘にも会いに行ってやらねばならんのですから忙しいかぎりで、有難いお話で申し訳ないが」

と、儀一はそれぞれ丁重に断りを入れた。

「それにしても、室生さんほどにもなればさまざまな行事へのお招きも多いでしょう。欧米式に夫人同伴ということが普通になりつつある今、再婚なさるべきではないですか」

「いやいや、死んだ家内は病弱でしたから存命中も人が大勢集まるところは失礼させてもろうとりました。疲れて帰ってきた時に家内の姿が見えないのは寂しいとしみじみ思いますけど――でもまあ、姿が見えないだけで家の中にいるものと堅く信じとりますからね」

「ほう」

男一匹、度胸と強運でたたき上げてきた儀一の強面の風貌から世俗的な人物だと思い込んでいた周囲の人たちは、改めて見直すこととなった。

封建的なこの地方では、妻がいても愛人の一人や二人囲って当たり前という風潮が根強く残っていた。儀一の場合、夫人は既に他界しているのだからそうした女がいても誰も悪く言わないはずだ。それなのに、日本屈指の大実業家室生儀一は亡き妻を思ってひたすら独身を貫いている。再婚する気など更々ないらしい。これこそ、美談の何ものでもなかろうよ——

「よっぽど、奥さんに惚れとったんやなあ」

「死んだ奥さんも女冥利《みょうり》につきるというもんや」

皆、感動した。儀一のほうは、皆が自分を褒めるのが不思議でならなかった。

(地位と名誉を得てからなら、どんな女でもなびくのは当然じゃ。そんな女は落ち目になった途端、素早く逃げていく)

将来のわからぬ裸一貫の自分を心から愛してくれた久江こそ、生涯の妻じゃ。わけのわからぬ女にうつつを抜かす時間が会ったら、一回でも多く絵馬に会いに行ってやろう。彼はわき目もふらず、男のエネルギーを仕事に注ぎ込んだ。

※

絵馬が東京に出て半年後の昭和四十一年秋——今治市波方町にある本社ビルの中にトラック運送部門を立ち上げた儀一は、ビートルズ日本上陸でヒートアップする報道番組を見ていてホテル経営を思いついた。

「昭和四十五年には大阪万国博覧会が開催される。日本に金を落とすために世界中から人が集まるわけや。万博を見越してホテルをやってみるのもええかもな」

ホテル業界で「この人、あり」と、一目置かれていた人物に数千万円の支度金を用意して招聘《しょうへい》すると、室生造船株式会社の子会社「室生ホテル」を作って代表取締役に据えた。この人のもとで全国から優秀なスタッフを集めて、大阪万博の開かれる前年春新大阪駅近くにビジネスホテル並みの価格で泊まれる古城を思わせるお洒落《しゃれ》なホテルをオープンさせた。

「これほどサービスが行き届いて、これだけ豪華なのにそんな値段では大赤字じゃないですか」

周囲の呆れ顔に対して、

「造船のほうがでかい黒字やから、負けんようにでかい赤字も作っておかんといかんやろ」

と、儀一はわははっと豪快に笑い飛ばした。

着実に夢の階段を上り、いつのまにか儀一は「日本を代表する実業家の一人」と呼ばれるようになっていた。インタビューの申し込みが殺到し、記者たちは異口同音「成功の秘訣はなんですか？」と尋ねた。儀一の答えは決まっていた。

「妻久江への愛です。生きていたときも亡くなってからも、それは変わりません」

久江の名前を口にする時、儀一の目はいつもうっすらと涙で潤んだ。

※

東京で、絵馬は学校の近くに購入した床面積二〇〇平方メートルの豪華マンションから通学していた。絵馬の部屋はリビングルームと同じ十二畳の広さがあり、女の子の部屋らしく壁紙もカーテンも淡いピンクで統一されていた。精緻《せいち》な金細工が施された調度品の数々は一国のプリンセスにも負けないほどに贅沢なもので、これは「片親になっても財力で補って、誰にも引けを取らせはしない」という儀一の親心だった。

大理石を敷いた玄関すぐ横の八畳の洋室が長谷部の部屋で、ここは簡素なベッドと机、小さなテレビとコンパクト冷蔵庫があるだけだった。今治の室生邸で暮らしていた時と同じように、シンプルそのものだった。上京するたび、儀一は家具をもっと買うようにとお金を渡そうとしたが、長谷部は絶対に受け取らなかった。

「作り付けのクローゼットもありますし、壁の棚が本箱代わりになっていますからこれ以上構いません。今は妹に親の家やお墓の管理を任せていますが、いずれは長女の私が戻ってお祀りしないといけません。ですから、荷物を増やす必要はないんです」

長谷部は給料の大半を本購入に充てていた。小説だけでなく、ノンフィクション、エッセイとさまざまなジャンルの本だったが、読み終わると愛媛の妹の元に送った。だから、いつも彼女の部屋は簡素だった。

絵馬のことは相変わらず苦手だったけれど、久江のことを心に置いて絵馬が大学に入るまでは傍にいて世話しようと決めていた。

（大学生になったら一人暮らしするだろうし、そうなったら愛媛に戻って四国八十八か所巡礼の旅をしよう）

三回くらい回ったら極楽浄土に行けるかしら——長谷部は四国巡礼旅が楽しみでならなかった。


日当たりの良いベランダに面して、リビングルームと和室がつづいていた。十畳の和室が、儀一が上京した時の彼の部屋となっていた。多忙な儀一だったが月に一度は学校の担任を訪問し、絵馬の様子を尋ねた。

「問題ないお嬢さんですよ」

担任教師は手放しで褒めた。

「太陽のような明るい絵馬さんはみんなの人気者。いつだって輪の中心で溌剌《はつらつ》としていますよ。素晴らしい素質を持ったお嬢さんです」

「嬉しいお言葉、有難うございます。死んだ家内が聞いたらどんなに喜ぶことでしょう」

通う学校も一流、住まいも各国の大使館が建ち並ぶ超一等地にそびえ立つ高級マンション。しかも、住人たちの肩書きはどれも素晴らしいものだ。儀一はしごく満足だった。

（久江、わしが責任もって絵馬を立派に育てるけんのぅ。安心して見とってくれ）

自分が天に召された時、堂々と胸を張って久江と会えるようにしておきたかった。「男手一つで、よく頑張ってくれました」と久江から褒めてもらえるように——これが儀一の偽らざる願いだった。

※

高学年になるほど、絵馬はその聡明さによって教師全員の注目を集めるようになっていた。「目から鼻に抜けるような賢い子」

皆が舌を巻くほど、全教科にわたって高得点を取った。頭の回転が速く、一を聞いて十を知るというタイプだった。その上、エキゾチックな美貌に磨きがかかり、子供とも思えぬ妖艶さをかもし出していた。自分のような短躯《たんく》で終わったらどうしようかと心配していた儀一だったが、それも全くの杞憂だった。小学五年生になる頃には標準身長をぐんと抜いて、欧米の同年代の子供たちと並んでも見劣りすることはなかった。

昭和四十六年春、高輪女学院初等部六年生になった絵馬は生徒会長に選ばれた。絵馬のように都内に「東京の自宅」を構えて通学する地方出身者はこれまでに何人かいたけれど、東京育ちでない者が生徒会長に選出されたのは絵馬が初めてだった。

「改革を進めます」

新会長に選ばれた時、絵馬は意気揚々と公言した。

「旧態依然としていてはいけません」

まず「髪の毛が肩のラインより下になってはいけない」という古臭い校則の変更を求めて、全校生徒に署名活動を呼びかけた。署名が過半数に達した時、生徒会役員を全員引き連れて初等部長にかけあって「髪の毛の長さの自由」を認めさせた。続いて、給食時間に流す音楽のジャンルをこれまでクラシックにしぼっていたのをポップスまで広げさせようと署名活動をし、これまた成功させた。

自信に満ち溢れた絵馬は、いつしか下級生たちのアイドルになっていた。

「室生さんのようになりたい」

下級生たちは絵馬に憧れ、絵馬の一挙手一投足に注目して真似する者まで現れた。絵馬はそれを心中では当然のこととして受け止めていたが、決して傲慢《ごうまん》な態度は見せなかった。謙虚であることが女子だけの学校で敵を作らないことだと、利口な絵馬にはわかっていた。

五、夢子

四十七年一月グアム島で元日本陸軍兵の横井庄一が発見され、連合赤軍によるあさま山荘事件が起きた二月も過ぎて桜の咲き誇る四月、絵馬は高輪女学院中等部一年に進級した。

※

「広島の高階《たかしな》十郎代議士の一人娘の夢子《ゆめこ》さんが今度、中等部に入ったと知らせてきた。寄宿舎には入らず、高階先生の『東京事務所』となっているお家から通学するそうで、近くご招待があるはずだから長谷部さんと出掛けてきたらええ。長谷部さんに、洒落た手土産を用意するように言っておこう。高階先生は、室生造船が広島に支店を出した時からの長い付き合いのお人じゃ。お行儀よく挨拶するんやぞ。お母さんも今は東京に来ているが地元を長く留守にはできないらしくて『娘と仲良くしてくださいと、絵馬さんに伝えてくださいね』と何べんも電話口で言うとった」

新学期が始まった四月八日、儀一から電話があった。

「たかしなじゅうろう?そんな代議士の名前、初めて聞くわ」

「愛媛選出の代議士じゃないから知らないのは当然じゃが、立派なお人ぞ」

儀一は、高階十郎が広島一区選出ということや最初は商売がらみの付き合いだったが互いにたたき上げの苦労人ということで意気投合するようになり、話してみたら同年同月生まれ、しかも娘同士も同年生まれと知って親しみが倍増した等々、いつになく熱心に話してきかせた。

「ゆめこって名前からして、メルヘンチックね」

「あの人の娘さんやから、きっといい子に違いなかろうよ」

「ふうん。で、夢子さんは何組?」

「一年二組とか言うとったかなあ」

「じゃあ、お隣のクラスだわ。私たち一組と二組は合同で体育の授業を受けることになっているから、高階さんという人を気にかけておくわ」

代議士の娘だから華やかな雰囲気だろうと思って、絵馬は自分のライバルになるかと警戒した。しかし、いざ体育の授業で一緒になってみると、ふつうにショートカットしたごく地味な少女だった。

（華がない人とは、この子みたいな人を言うんだわ）

野菊のような質素な雰囲気ね――絵馬は優越感から、夢子と仲良くすることにした。一つだけ気にくわない点は、夢子の言葉に少しも訛りがないことだった。

「高階さんは中学に入るまで広島育ちなのに、どうして広島弁が出ないの？」

「私のお母さんは東京の国立市で育っているから、広島弁より東京弁の方が得意なのよ。私も小さい頃は国立のおじいちゃんおばあちゃんの家によく遊びに行ったものだけど、今は二人とも亡くなってしまったの。だから、国立のお家は空き家のままなのよ。お母さんも一人っ子だし私も一人っ子、寂しいわ」

そこでちょっと言葉を止めると、遠慮がちに「室生さんのこと、絵馬さんと名前で呼んでいい？」

「いいわよ。絵馬さんじゃなく、絵馬ちゃんと呼んで。そのほうがずっと親近感が湧くもの」

「嬉しい。じゃあ、私のことも夢子ちゃんって呼んでね」

「わかったわ、夢子ちゃん」

嬉しい嬉しいと本気で喜ぶ夢子に、絵馬は何が嬉しいのかしらとしらけた気分になった。それでも、

「愛媛と広島は向かい合わせの県だから、ずっとずっと仲良くしましょうね。よぼよぼのお

ばあさんになっても『夢子ちゃん』『絵馬ちゃん』と呼び合って」

と、心にもないことをさらっと言ってのけた。

「嬉しいわ。早速だけど、お母さんが室生さん、じゃなかった絵馬ちゃんに会いたがっているから、五月の連休に東京の家に遊びに来てくれる?お母さんも選挙区の広島をそう長く離れているわけにいかなくて、連休明けには一度広島に戻らないといけないのよ」

「政治家って常に選挙のことを考えないといけないから、大変よね。有難う。五月になったら長谷部というナースと一緒に寄せてもらうわね」

「長谷部さんのこと、聞いているわ。とってもいい人なんですってね」

絵馬はそれには答えず、唇だけで笑顔を作ってみせた。

※

五月のゴールデン・ウィーク初日、夢子の住まいに長谷部と出掛けた絵馬は、夾竹桃《きょうちくとう》に人を殺すだけの毒があると知る。

夢子の東京の住まいは絵馬の住むマンションとは学校をはさんで反対側のエリアにあり、「高階十郎東京事務所」という大きな看板がなかったら田舎の古民家のようだった。

(新しいワンピースを誂《あつら》えるまでもなかったわ)

儀一から「初めてのおよばれだから、きちんとした新しい服で行くように」と注意された絵馬は長谷部に伴われて銀座のデパートに出掛けて、この日のためにブルーのサテン生地のワンピースをわざわざ誂えたのだ。

（政治家の家ってもっと豪華なのかと思ったけど、たいしたことないわね）

座敷に通されて広島名産のもみじ饅頭を口にしながら、絵馬は冷ややかな目で室内の簡素な調度品をながめた。

（贅沢な置き物もない、掛け軸の絵も何やら安っぽい——そうね、国会議員だ何だと言っても国民の税金をもらって暮らしているんだもの。私のお父さんのような事業家とは違うわ）

中学生ともなると、自分の家の財力がある程度わかるようになっていた。絵馬は父の築いた室生造船株式会社を誇りに思い、正面に座る夢子とその母の前でわずかだが胸を反らしてみせた。二人は気が付かなかったが、絵馬と並んで座る長谷部はそれに気付いて絵馬の背中に手を回した。

「絵馬ちゃん、正しい姿勢でね」

さりげなく注意した長谷部をちろっと睨《にら》んでから、絵馬はとびっきり優しい笑顔を二人に向けた。

「おばさまにお会いできて嬉しいです」

「こちらこそ。実はね、夢子も私の実家のある国立市から通わせるという形で初等部受験も考えたりしたんですが『跡取り娘たるものが、小学校から早々と地元を離れてどうするか』と後援会の人たちに叱られましてね。中学からだと当人の意思も尊重してもらえますし、『中学生ともなれば、四六時じゅう母親が傍についていなくても大丈夫だろう』と主人の許可も出ましたのでね。四期五期と連続して勝ち抜いていらっしゃる先生ならともかく、私も微力ながら頑張らないと選挙は勝てませんの」

夢子の母は気さくな性格らしく、選挙を戦う厳しさを身振り手振りで滔々《とうとう》と語った。儀一と夢子の父は同年同月生まれだそうだが、この母親とは何歳違いなのだろうかと絵馬はクールな目で観察した。

(パーマっ気のない髪の毛を後ろでひとくくりにして、印象に残らない老け顔じゃ年齢がわからないわ)

国立市がどんなところか知らないけど、よく喋る人だこと。東京二十三区ではない東京育ちの人って皆、こんなにお喋りなのかしら。どうであれ、お喋りな人はお馬鹿さんに決まってるわ。この人もきっとお馬鹿さんね——勝手に妄想を膨らませていた絵馬だが、

「絵馬さん、夢子と仲良くしてやってくださいね」

母親の言葉に我に返った。絵馬は口角を引き上げてお得意のふうわりとした笑顔を作った。

「私たち『夢子ちゃん』『絵馬ちゃん』と呼び合って、とっくに仲良しなんですよ。そうだわ、おばさまが広島に戻っている時は夢子ちゃんも私のマンションで過ごしたらいいわ。使っていないお部屋があるから、そこを夢子ちゃんのお部屋にしましょうよ。ねえ、長谷部さん」

いかにも人柄のよさそうな母子が一目で好きになっていた長谷部だったから、絵馬の提案に異論はなかった。

「もちろん、そうしてください。愛媛のお父様には、私からお伝えしておきましょう」

「そんな、厚かましいことを」

遠慮する夢子の母に、

「夢子ちゃんと一緒だと、私も頑張るぞというパワーが湧いてきます」

と言ってから、夢子に優しいまなざしを向けた。「そうしてね、夢子ちゃん」

「そんなにまで私によくしてくれて、どうも有難う」

嬉しさに頬を染める夢子に、絵馬は腹のうちで笑った――自分が夢子を引きつけておくことで高階代議士は父儀一に大きな借りができるという事がわからないのかと。


夕刻が来て「さようなら」の挨拶を交わしてからも、長谷部は夢子の母と延々と話し込んでいた。夢子の母はお喋り好きだったし、長谷部は長谷部で広島のことを聞きたがった。正確に言うなら、広島市にあるF病院について、だ。

「大昔になりますが、知り合いのドクターがF病院にいました」

「ああ、あそこは私立では県内トップクラスの総合病院ですのよ。何科のドクターでしたか?」

「外科医でした。今は実家の福山市に戻ってお父様の病院を継いでいると思います」

「あらまあ、私のいとこのお嫁さんが福山市の人ですよ。福山の何という病院?」

「……それはどうだったたか」

長谷部は口ごもって、視線を落とした。決して馬鹿ではない夢子の母は長谷部の態度に触れたくないものがあると察して、急いで話題を変えた。

「福山市ってバラ園が有名なんですよ、ご存じでした？『戦災で荒廃した街に潤いを与え、人々の心に和らぎを取り戻そう』をスローガンに昭和三十一年でしたか、公園にバラの苗木を千本植えて、それ以来、バラ祭を毎年続けているんですよ」

「そうなんですか。私、福山市についてはよく知らなくて……」

「広島市もいい街ですけれど、福山市もいい街だと思いますよ。いとこのお嫁さんは福山の市会議員の娘さんなのですけどね、これがまあ面白い子で」

喋りつづけている夢子の母の口元を眺めながら、長谷部は遠い昔の恋物語を思い返していた。

「呆れるくらい、よく喋るお母さんでしょ。でも、嫌いなタイプだと貝みたいに口を閉ざすのよ。あれだけ喋っているのは長谷部さんと波長が合う証拠だわ。まだ喋っていたいみたいだから、お庭を一回りしてみない？奥まって、けっこう広さがあるお庭なのよ」

お喋りに興じている大人に退屈しきっていた絵馬だったから、夢子の誘いに乗ったのは言うまでもなかった。

※

「こんな古いおうち、お化けが出そう。どうして、私みたいにマンションを用意してもらわないの。古いお家だと台風なんかの時は雨漏りするんじゃやない？」

遠慮なく絵馬が言うのに対し、夢子は気を悪くしたふうもなく「父は二回生議員でしょ。だからというわけではないけれど、とても質素なの。ここのお家も古びてきて壊す手前だったのを『古くても、広さが必要だから』と頼んで、安く譲ってもらったんだって」

「ふうん」

夢子の父は国会議員なのに見栄を張らない人らしい。そんな人もいるのかと思いながら庭内を歩いている時、ふと片隅に咲く紅色の花に目が留まった。

「夢子ちゃん、あれは何というお花？」

花を指さす絵馬に、夢子は、

「これは夾竹桃の花よ。お花は夏場だけなんだけど、木そのものは寒さにも強いから雪が降っても枯れたりしないの。ここのは紅色だけど、白や黄色もあるのよ」

と教えた。

「名前は知っていたけど、これが夾竹桃の花なの」

「本来は五月後半から咲き始めて九月の終わりくらいまで咲いている花だそうだけど、こうして五月早々から開花させているのは理由があるんですって」

「どんな理由？」

「元の持ち主だった人のお姉さんが夾竹桃の花が大好きで、若くして白血病で死ぬ時も『今年も夾竹桃の花を見たかった』と言い残して四月の終わりに息を引き取ったんですって。不思議なことにそのお姉さんが死んだ年を境によそより早く花を咲かせるようになって、お家の人が有名な霊媒師に聞きに行ったら『この花が魔除けの役目をしてくれています。だから、自然に枯れるのは仕方ないとしてもこのままでずっと残しておくように』と言われたとかで、それを聞いた父も枯れるまで撤去しないという約束をしたそうなの」

「ひらひらと、きれいな紅色の花びら……素敵ね」

近寄って花に手を触れようとした絵馬に、夢子は慌てて制した。

「触らないほうがいいわ。枝に毒があるそうだから」

「毒?どんな毒?」

夢子が一瞬たじろいだほど、絵馬の瞳は強い光を帯びていた。

「人が死ぬほどの毒なの?」

「さあ、そこまでは」

夢子は首をかしげた。

「でも、夾竹桃の枝を使ってバーベキューをした人がいて、火にあぶられているうちに枝から無臭の樹液がしみ出て、お肉やなんかに樹液の毒が付いてその毒で死んだという再現ドラマを見たことがあるから、かなり危険なんじゃないかしら」

その時、夢子の母と長谷部が絵馬を呼びに来た。

「絵馬ちゃん、そろそろおいとましましょう」

「また来てね」

夢子が先立って母たちの後に付いていきかけた時、絵馬が引き止めた。

「お花がきれいだから、ひと枝分けてもらってもいいかしら」

「でも……」

「毒があると言っても、お花に毒はないんでしょう？　枝をあぶらなきゃいいだけのことでしょ」

「それはそうだと思うけど」

「じゃあ、問題ないわね。ひと枝、もらっちゃおうっと」

ふざけた口調で笑いながら素早く手折る絵馬を見て、夢子はただ呆れるだけだった。

六、長谷部の死

今治市波方町立病院院長の口利きで絵馬の乳母の役目をしてきた長谷部だったが、月日がたつのは早いもので還暦も近くになっていた。

（初めて室生邸に行ったのが昭和三十八年）

あれから歳月が流れて、四歳児だった絵馬は昭和四十八年高輪女学院中等部二年生になっていた。中学生になってからの絵馬の美しさはますます磨きがかかり、道ですれ違う人の多くが振り返って絵馬を見たほどだ。今後高校大学と進むにつれてもっともっと注目されるであろうことは、誰の目にも明らかだった。

（顔は綺麗だが、どこか心の冷めている子だ。それに比べて、高階夢子さんはとても優しい）

夢子はマンションにもよく遊びに来るようになっていたが常に礼儀正しく、母親が広島に戻っている時に「お父様お母様の許可は得ていますし、絵馬ちゃんのお父さんも夢子さんが泊ってくれるのを歓迎していますよ」と勧めてみても、

「事務所には常に誰かがいますから、寂しくないんです」

と、必ず日が暮れる前に戻っていった。母親のしつけなのか夢子自身の遠慮からなのか長谷部にはわからなかったが、いずれにしても年齢以上の落ち着きのあるよくできた子だった。

絵馬のほうは広島から夢子の母親が出てきた時は高階の東京事務所に泊ったりしていたが、その場合必ずと言っていいほど夾竹桃のひと枝を持ち帰っていた。

「花の時期が終わっているのに、どうして夾竹桃の枝をもらって帰るんです？」

不思議に思って尋ねる長谷部に、絵馬は、

「花言葉が『油断大敵』だから、戒めの為に頂いて帰るの」

と、毎回決まった答えをした。実のところ、絵馬は早い段階で夾竹桃の枝だけでなく花や葉っぱ、果実に強い経口毒性があることを百科事典で調べあげていた（このことを、夢子にも誰にも話す気はなかった）。

※

「私も還暦だ……若い頃はいろいろあったけど、すべて遠い昔のことになったわ」

寝る前のブラッシングしながら、長谷部はしみじみ鏡に映る自分に語りかけた。「身も世も

ないほど泣き暮れた傷心の時期も乗り越えて、退職後はお四国巡礼の旅することだけが残された楽しみ」

かつて、彼女の髪はたこ糸のように硬くて量も多かった。それで、若い頃はわざと内側の毛をすいてもらってボリュームを押さえるようにしていた。短髪にしていたのも、硬い髪が広がるのを防ぐためだった。しかし、今では地肌がすけるほど細くコシのない絹糸のような髪しか生えてこなくなっていた。

(増えたのは体重だけだ)

細かった頃が嘘のように、横幅がずいぶん広がってしまった。おなか周りだけでなく首周りにも脂肪が付いたせいか、息苦しくて寝つきが悪くなって、数年前から近所の医院で睡眠薬を出してもらうようになっていた。絵馬がベランダ隅の収納ボックスにウイスキーの瓶を見つけたのはつい最近のことだが、

「女の人がウイスキーを飲んだりするの」

驚く絵馬に、

「たくさんじゃありません。なかなか眠りにつけないので、少しのウイスキーで睡眠薬を飲むようにしているだけなんです」

説明すると、絵馬はへええと言ったきりだった。長谷部の飲酒を絵馬から聞かされた夢子のほうが、身内のように案じてくれたものだ。

「時間を作って、近くのジムに通ってみたらどうでしょう。運動して適度に疲れたら、お酒

やお薬に頼らなくとも寝られると思います」

夢子は長谷部の素朴さが好きだったから、つねに長谷部のことを室生家の一員と見做《みな》して そのように接していた。長谷部も夢子のことが大好きだった。もちろん、高階夫人のことも。

（広島にだって優しい人は居てくれる。冷たい人ばかりじゃない）

近頃の長谷部は、絵馬が少しでも夢子みたいだったらよかったのに——と思いつつ薬がじんわり効いて眠りに入っていくまでの短い時間を昔のアルバムをめくるように看護婦時代を思いなぞるのが習慣になっていた。


広島市の総合病院に勤務していた二十代初めの頃、密かに思いを寄せていた青春スターのような素敵なドクターから「君が好きだ」と告白された時の驚き。貧しい育ち・不細工な容貌を気にする長谷部に、彼は優しく「そんなこと、どうでもいいじゃないか。僕は君の清らかな心が好きだ。前々から君の行動を観察していたよ。仕事熱心だし、患者に対する慈愛に満ちた態度は見上げたものだ」と言ってくれた、あの時の天にも昇るほどの喜び。そして、その後に続く大きな悲しみ。あまりに苦すぎる思い出——福山市にある彼の実家を訪ねた時の、彼の両親の冷たい対応。

「そう言っては失礼ですけれど、あなたみたいな貧しいお家の人に息子の嫁になってほしくないのです。息子は勉強ばかりしてきて世間知らずですから『内面だけを見ればいい』だのと言っていますが、世の中ってそういうものでは決してありませんのよ。第一、あなたではきちんとした嫁入り支度ができませんでしょう」

　正面きって彼の母親から拒絶された。見るからにプライドの高そうな、冷たいお公家顔をした母親だった。横から、父親も口をはさんだ。口ひげをたくわえた一見すると紳士のように思えたが、自分を見る目は冷ややかだった。

「看護婦という仕事は尊いものと、私とてよくわかっています。だが、我が家は私の祖父の代からの医者の家系でしてな。私の兄弟もいとこも皆、それぞれ医者です。配偶者も医者の家あるいは地方でも名士と呼ばれる家から来ています。そういう中で、あなたでは対等の付き合いができますまい」

　暗に「身の程をわきまえよ」と言わんばかりの冷たい声音だった。

「いい加減にしろ。この人で、どこがいけないんだ」

　彼が叫んだ。

「誰に対しても思いやりがある、心優しい人だ。この人の生まれ育ちがどうであろうと、素晴らしい人なんだ」

「冷静になれ。結婚において大事なのは家同士の釣り合いということが、わからんのか。恋愛と結婚は根本的に違う。結婚してずっと一緒に過ごすとなった時、お互いの育った生活習慣に隔たりがあり過ぎると喧嘩が絶えなくなる。長く生きてきて失敗例をたくさん見てきたからこそ、言えることだ」

　父親が言う傍で、母親もヒステリックに声を荒げた。

「そうですとも。結婚式に教授たちをお招きして、この人をどう紹介できますか。出自の悪い嫁をもらったりしたら、私は恥ずかしくて一門に顔向けができません」

「出自が悪いとはどういうことだ。今すぐ、この人に謝れ」

気色ばむ息子をきつい目で睨みつけた母親は、

「何がよくて、こんなひどい」

と言いかけて、さすがに次の言葉を飲み込んだ。「ひどいご面相」と言おうとしたに違いなかった。

「失礼させていただきます」

いたたまれなくなって親子喧嘩の場から逃げるように退去し、翌日には職場を辞していた。

(私と六つ違いのあの人は、今も元気だろうか)

親の病院を継承していることだろう。親の気に入った人と結婚して、今頃はよき父・よき祖父になっているに違いない。あの時以来、広島は鬼門だと思い、足を向けることはなかった。広島に関する話題も避けてきた。

「でも――」

長谷部はベッドの中でつぶやいた。

「もういいじゃないか。高階夫人のいとこのお嫁さんが福山市の人だというなら、徐々にあの人の消息を聞いてみよう」

あくびが出て、そろそろ眠くなってきた。

「封印を解いてもよい時期がきているのだわ」

枕もとの明かりを消して布団を胸までたくし上げながら、長谷部は苦笑いした。

(初対面のとき、私のことをトロルさんみたいだって言ったわね)

長谷部はいつが来ても、あの時の絵馬の言葉と表情を忘れることができなかった。美しく生まれたものが醜いものを見る時の冷ややかな目付き。美しく生まれてさえいたら、幼児でもあんな目をする特権を与えられるのだ。

(確かに、私はえらの張った不細工な顔だわ。それにしても、人食い鬼トロルに似ているだなんて——よくも本人を前にして言えたものだ)

今まで接してきて、絵馬が知能指数の高い子供ということはわかっていた。とても頭のいい子。と同時に、剃刀《かみそり》のように人を傷つけて平然としていられる子。絵馬は瞬時に相手の弱点を見抜いて、それを攻撃材料にする。相手の気持ちなど忖度《そんたく》しない。思いやりのひとかけらも持たない、冷酷な娘。それが室生絵馬だ。

(じわっと薬が効いてきたようだ)

長谷部は二度三度あくびを繰り返し、静かな眠りへと引き込まれていった。

※

夏休みが終わる最後の日曜だった。絵馬は長谷部が近所のスーパーに買い物に出かけたのを見計らって、この前に夢子のところからもらって帰った夾竹桃の花葉をキッチンで細かく切り刻もうとしていた。

（本当に、夾竹桃で人は死ぬのだろうか）

絵馬が書店で立ち読みして調べたところでは「嘔吐、四肢脱力、腹痛などが起きる。死ぬ場合もある」という表現はしていたが、さすがに致死量について書いてある本はどこにもなかった。

切り刻んだ花葉を丸めて布巾でしぼり汁を取ろうとした、その時だった。


「何をしているんです？」

ハッと振り返ると、怖い顔の長谷部が立っていた。心臓が口から飛び出るかと思うくらい、猛烈に驚いた。それでも、絵馬は持ち前の強気で狼狽を隠した。

「あら、長谷部さん。お買い物じゃなかったの？」

絵馬は蛇口をひねって流水で赤緑色に染まった指先を洗いながら、落ち着いた口ぶりで尋ねた。

「スーパーのスタンプカードを忘れたから、取りに帰ったんです」

「まあ、いやだ。『スタンプカードを忘れたから、後日押してください』と言えばレシートに担当印を押してくれて、次回行った時に前回の分と合わせてスタンプを押してくれるのよ」

「そうなんですか。それは知らなかった」

長谷部はいぶかしげな表情で絵馬の横に来ると、流しに捨ててある枝葉の切れ端を手に取った。

「これ、高階さんのお宅の夾竹桃ですよね。またもらって来たんですか。よくもらってきているけど、一体どうするんです？」

「どうするって聞かれても……一輪挿しにさして楽しんでいたけどだいぶ枯れてきたから捨てているだけじゃないの」

「今、刻んでいたじゃないですか」

絵馬は努めて無邪気な笑顔を作ってみせた。

「捨てようとキッチンまで持ってきたけれど、暇だったからちょっと刻んで遊んでいただけよ」

「手を切ったらどうしますか」

「ほんの退屈しのぎよ。それより、早くスタンプカードを持ってお買い物してらっしゃいよ」

見られたからにはこの人で試してみるしかない——絵馬は「気を付けてね」と笑いながら、長谷部の背中を押した。

※

翌朝、いつもなら午前七時になると「さあ、朝ですよ」と絵馬の部屋に起こしに来るはずの長谷部は来なかった。七時半過ぎても来なかった。絵馬は制服に着替えてから長谷部の部屋のドアをノックした。少し待ってみたがノックに反応がないので、

「長谷部さん、長谷部さん」

二度ほど呼びかけて、ドアを半分ほど開けて中をそろりと窺《うかが》った。

薄地の黄色いカーテンを通して朝の陽光が部屋全体に差し込んでいた。そんな中、長谷部はベッドの上で仰向けになっていたが、しばらく見ていても動く気配はなかった。

「長谷部さん、入るわよ」

絵馬は深呼吸を一つしてから室内に入った。長谷部は目をうっすら開いた状態で顔を天井に向けたまま、微動だにしない。絵馬は白い羊毛布団から出ている長谷部の右手をそっと触ってみた。氷のような冷たさだった。布団をはぐって左手も触ってみたが、やはり氷のように冷たかった。改めて、絵馬は彼女の頬や顎、額に両手で触れてみた。どこもかしこも完全に冷たくなっていた。鼻の下に手をかざしてみたが、息は感じなかった。

「太って心臓も弱っていたくせに、ウイスキーに睡眠薬を混ぜて飲んだりするから心臓発作を起こしたんだわ」

長谷部が入浴しているあいだに彼女の部屋に入って、夾竹桃の花葉を絞った液を含ませたコットンで彼女愛用のグラスの内部に塗り付けたせいだとさすがに思いたくなかった。

(慌てない、慌てない)

絵馬はもう一度深く深呼吸した。それから、リビングルームに行って今治の儀一に電話を入れた。

知らせを受けた儀一は、「長谷部さんが睡眠薬の飲みすぎで冷たくなって、既に死んでいるように見える」という絵馬の言っている内容がにわかに理解できかねた。あまりにも、絵馬の声が落ち着いていたからだ。

「既に死んでいるように見えるとは、どういうことか」

「突然のことだから、私にもわからないわ。昨日までは元気だったのよ。でも、今は揺すっても動かないの。だから、死んでいるんじゃないかしら」

儀一は眉根を寄せて、絵馬の「死んでいるように見える」「死んでいるんじゃないかしら」という言葉を口の内で繰り返してみた。

「とにかく、大人をそちらに行かせる」

電話を切った儀一は手帳を開いて、控えていたマンション管理人室の電話番号を回した。

「今さっき娘から電話があったが、言っていることが一向に要領を得ない。長谷部の身に異変があったようだ。揺すっても目を覚まさぬらしい。救急車を手配してくれ」

「承知しました」

管理人は妻の出里《でざと》が愛媛ということから、幼くして母親と死別した一人娘のために看護婦資格を持つ家政婦をつけて高輪女学院に初等部の頃から通わせている事情もよく把握できていた。

「一一九番通報して、救急隊員が到着したら私も一緒に様子を見にあがります」

「よろしく頼む。今から東京支社長に連絡を取って、急ぎそちらに行かせる。状況が分かり次第、知らせてほしい」

救急車を呼んだ管理人はマンションのエントランスで待ち受けて、駆けつけた救急隊員二名と一緒に最上階の室生家へと走った。儀一から「管理人に言って救急車を手配した。東京支社長もすぐそちらに行かせる」という電話連絡を受けていた絵馬も玄関ドアを全開した状態で、共用通路を走って来る隊員と管理人を待ち受けた。

室生家のフロアに初めて足を踏み入れた入った管理人は、内装の豪華さに舌を巻いた。かなりの高額所得者が入っているマンションだったが、どの家も室生家の足元にも及ばないだろう――購入時に、父親が幼い娘に合わせて大幅に手を入れたとは聞いていたが、これほどとは思わなかった。ヨーロッパのどこかの城の中に迷い込んだ気がした。

「病人はどこですか」

あまりの凄さにきょときょと周りを見回していた管理人だったが、救急隊員の声でハッと我に返った。

「管理人さん、救急車の人、どうぞこちらです」

高輪女学院中等部とひと目でわかる特徴あるセーラーカラーの制服を着た少女があまりにも美しいので、二人の若い救急隊員は一瞬、ボーッとなって足を止めた。しかし、すぐに役目の重要さに気付いて美少女の後に続いて病人の部屋へと担架を持ち込んだ。

彼らはマニュアルどおり行動し、ベッドに横たわる初老の太った女性が既に息絶えていることを確認した。

※

（一件落着となるまで、こんなにてこずるとは思わなかった）

思い返すたび、絵馬はうんざりするのだった。死んだ長谷部をすぐに焼き場で焼くのかと思っていたら、警察が介入してきた。東京支社長から連絡を受けた儀一が、その日のうちに血相変えて上京してきた。事態を知った夢子とその母も駆けつけて「長谷部さん、目を開けて。目を開けて」と遺体に泣きすがり、これにもいい加減、辟易《へきえき》させられた。

夾竹桃の花葉を絞った液体を塗り付けたコップは救急隊員が来る前に自室にしまい込み、新しいグラスを元の位置に置いた。わざとウイスキーをグラスの底の方に垂らし、長谷部の右手の指紋をつけること、グラスのふちを長谷部の口元に触れさせることも忘れはしなかった。

良心の呵責など、さらさら無かった。長谷部が本当に死んだという事実に直面してさえ、絵馬は動揺を見せなかった。

（危うく司法解剖になるところだった）

解剖だなんてとんでもないことになりかけたが、管理人の証言で切り抜けることができた。管理人は長谷部とは同年であり、妻も愛媛出身という親近感も手伝って日常の買い物に出かける長谷部をひっ捕まえてはしょっちゅう立ち話をしていた。このことは、同じマンションの住人が見て知っていた。管理人夫婦は、長谷部の口から数年前から睡眠薬に頼らなければ寝られなくなっているという状況を聞いていた。彼らは、そのことを警察で証言した。

「長谷部さんはいつも『太り過ぎが原因だろうか、何も運動をしないのにジッとしていても心臓がどきどきすることが多い。とりたてて心配事もないのに、夜も睡眠薬がないと寝られない。ウイスキーと一緒に飲むのはよくないかもしれないけれど、ただのお水で飲むだけでは寝られない。でも、こんなふうな飲み方をしていたらそのうち寝ているうちに心臓麻痺で死ぬんじゃないかしら』と言っていました。今思えば、虫の知らせというやつでしょうか」

かかりつけの医師もカルテを提出して、

「肥満による急性心不全が原因と思われる」

という判断を示した。

病死と確定されて火葬許可書が出され、愛媛から長谷部の妹夫婦が駆け付けてきた。葬儀の朝、

「親族ではないから忌引《きびき》扱いにはならんだろうが、こんな日は休んでいいんだよ。学校に休むと伝えよう」

「いいえ」

絵馬は首を横に振った。「私は登校する。お葬式に出て骨になるのを見てしまったら、長谷部さんが本当に死んだと実感して悲しくて立ち上がれなくなるもの」

真相を知らない儀一は娘の気丈さに感銘したものの、さすがに、

「しかし、今日下校した時には長谷部さんはお骨になっていて、今晩のうちに妹さんが愛媛

に連れてもどることになっている。今日は学校を休んで見送ったらどうか」

と、しきりに学校を休むように勧めた。しかし、絵馬は頑として聞かなかった。

「これからは、あの世でお母さんの話し相手になってくれるわ。お母さんも寂しくなくなってよかったと思う」

そう言い残して、絵馬はいつものように登校していった。

長谷部の死後、すぐに絵馬は学校の許可を得て女学院敷地内の寄宿舎に移ることになった。絵馬が入ることが決まると夢子も同じように寄宿舎に入ることとなった。これは、

「寄宿舎は二人一室ということになっているからこの際、夢子ちゃんも一緒に入るようにお父さんから勧めてくれない？」

という絵馬の強い希望だった。長谷部を失った寂しさで絵馬がそう言うのだろうと解釈した儀一は、すぐに高階夫妻に話を持っていった。高階夫妻に反対する理由はなく、夢子も絵馬と同室ならと承諾した。

夢子は、引っ込み思案な自分と違って明るく活発な絵馬のことを心から好きだった。絵馬のほうは夢子が自分にとって利用価値がある存在だから引きつけておきたい、単にそれだけのことだった。

七、儀一の再婚

長谷部が亡くなった昭和四十八年の秋には世にいう第一次オイル・ショックが日本のみならず、世界を直撃した。エジプトとシリアによるイスラエル攻撃から端を発したもので、中東の石油輸出国が原油の価格引き上げと生産の削減を発表したことから生じた出来事だった。

宗教がらみでイスラエルとずっと対立を続けてきたアラブの産油国は「イスラエルを支持する国には石油を輸出しない」と意思表示をするによって、中東の石油に頼っていた国々がイスラエルから離れるように画策したのだ。自国での石油生産量の多いアメリカはともかくとして、アラブ産油国に多くを頼っていた欧州各国ならびに日本は頭を抱えることとなった。日本国内では「石油がなくなる」という流言飛語が飛びかい、定かな理由もないのにトイレット・ペーパーの買いだめに走る人が続出し、物価は急騰した。こういう中、タンカー受注は激減した。室生造船が前年に香川県多度津《たどつ》市に完成させていた新工場は、お荷物と化した。仕事がどんどん入ってこその新鋭工場なのだ。タンカー受注が目に見えて減ってしまった現状で、多度津工場建設に要した巨額な借入金は本社の首を絞めることとなった。

(ここは踏んばりどころじゃ。娘のため、社員のため、その家族のため)

昭和四十九年を迎えても、事態は一向に好転しなかった。室生造船と同クラスの造船会社がどんどん潰れていく中、儀一は、「負けてなるか」とばかりに会社存続に奔走した。まず、長谷部の急死で絵馬を寄宿舎に入れて空き室になっていたマンションを売却した。続いて運送部門を廃止し、同時にホテル事業からの撤退も決めた。新大阪駅近くの小規模ホテルだが外観の美しさに加え、利便性と値段の安さで好評を博していたので、すんなり大手のホテルが高値で買い取ってくれた。

こうしたことで少し息がつけるかなと一安堵した儀一は、不安がっている社員たちを集めて「安心してくれ。危機は脱したようだ」と伝えた。それがかえって油断を招いたのか、本社の波方工場で過失による火災事故を起こしてしまった。死人は出なかったものの大やけどを負った者が数十人にも及んだ。しかも、機械のほとんどは消火液をかぶって使い物にならなくなってしまい、復旧までにかなりの時間を要することとなった。

(やむをえん)

誰にも借りを作りたくないと思っていたが、火の車状態の今となれば仕方ないと腹をくくって、永田町の議員会館に愛媛選出の与党代議士を訪ねた。この時既に近藤代議士は病気引退しており、後継者は近藤とは無縁の三十代の青年だった。

「銀行から色よい返事をもらえるように動いてはみますが。額があまりにも多すぎて」

口調から難しいと読んだ儀一はその足ですぐ、高階代議士に会いに走った。

「広島選出の高階さんに頼むのはご迷惑かと思うのじゃが……愛媛選出の代議士が若すぎて力が今いちなんですわ」

「夢子の親友の家のおおごとじゃ。私からボスに相談してみましょわい。こんな事で、絵馬ちゃんが女学院をやめて公立に転向することがあってはならん。なんとか、頑張ってみましょ」

彼が属する派閥の領袖は鬼頭《きとう》岩次郎《がんじろう》という、知る人ぞ知る大物中の大物代議士だった。鷹のような鋭い目で睨まれると怖いと周囲から恐れられ、いつしか「眼光鋭い鬼頭岩次郎」略して「鬼ガン」と言われるようになっていた。政治記者をしている時に才気を見込まれて幹事長経験者である老獪《ろうかい》な代議士の秘書となり、ついにはその娘と結婚することで政界進出を果たした切れ者として知られていた。若い頃から状況を読むのに長けていて、五十代で建設大臣・運輸大臣・農林水産大臣と歴任してきた。六十を過ぎた頃からは毎回のように「次期総理か」と言われてきたが、まだ総理の椅子は手にしてなかった。好き嫌いが激しい人だが家族思いで知られ、夭折《ようせつ》した亡き弟の風貌によく似た高階十郎を非常に気に入って周囲が呆れるほど重用した。高階のほうも鬼頭を「ボス」と呼び、陰日向なく仕えていた。

「ボスならこの窮地、何とかしてくれますやろ。任せておいてください」

すぐに、彼は鬼頭のもとへと走った。

「高階くんの頼みなら、秘書任せということもできまい。愛媛の室生造船だな。よっしゃ、わかった」

鬼頭は太鼓腹を叩いて、高階通じて儀一に安心するよう伝えた。数日もしないうちに、高階から「うまくいきましたぞ」という電話が儀一にあり、電話の翌日には日本最大手の銀行から多額の融資がなされた。

同業者がばたばた倒れていく中、室生造船株式会社は倒産を免れた。心労が嘘のように消え、儀一の会社は再びうまく回転し始めた。

※

昭和五十年四月、うららかな陽気の朝。いつものように午前六時に起きた儀一は、久江の仏壇の水をかえて線香に火をともして手を合わせた。

「この四月から絵馬も高校生になった。一時はどうなるかと思った会社も倒産を免れた。久江も心配しよったじゃろうが、もう憂いは消えたけん。心安らかにしてくれ」

通いの二人の家政婦は午前八時にならないと来ない。それまでの時間、自分でいれたほうじ茶を飲みながら儀一は会社から持ち帰った書類に目を通すことにしていた。


時計が午前七時を報じたとき、リーンリーンと居間の電話が鳴った。

「もしもし、起きとったかいね」

声の主は、高階十郎だった。

「誰かと思うたら、高階さんやないか」

「朝早くに起こしてしもうて、すんませんなあ。今日は大安で地元の後援会長のお嬢さんが大阪の人と結婚することになっとりまして、今から東京駅に走って新幹線に飛び乗らんと昼前に着けないんで失礼を承知でこんな時間に電話させてもらいました。昨日も朝から晩まで用事が立て込んで、電話できん状態やったもんで」

「おや、広島でなく東京からの電話ですかいの。私は午前六時には起きていますから、朝早い電話は別にかまわんですよ」

「前々からそう聞いてはいたけど、ほんまかなあと半信半疑でね」

「嘘を言う必要なんか、ありませんがな」

「そりゃそうや」

ホッとしたのか、高階はくだけた口調になった。

「ボスに挨拶に行く日を決めたいんやけど、室生さん、いつ上京できるやろか」

「喜んでいつでも参りますよ。高階さんが『時期を見て、こちらから連絡する』と仰るから、気になりながらこんなにまで日が経っただけのことで」

「では、週末の金曜か土曜の夜ということで席を設けさせてもらいます。かまわんですかいね」

「そうですな――秘書に日程を調整させて、飛行機も手配した上で改めて電話しましょう。お礼についてですが、高階さんのお顔の立つようにいかようにも仰ってください」

「それより……ちょっとお尋ねしたいんじゃが……」

高階は逡巡《しゅんじゅん》するかのように、少し間を置いた。

「何です？」

「室生さんは私と同年生まれ、今年で五十二歳ですよね」

「それで、我々は縁が深いといつも言うとるやないですか」

「奥方を亡くされて、はや十年になられますよね」

「そうですなあ、月日が経つのは早いもので。あの時、絵馬はまだ幼稚園児で……」

言いかけ、儀一は受話器を持ち替えた。

(何か、変だ)

電話の向こうから伝わる高階の雰囲気はいつもと違っていた。そもそも、新幹線に乗る時間が迫っていると言っているくせに何をだらだら話すのか。

「高階さん、改まった口調でどうしたんかいね」

「それがそのう」

いつになく、高階は言いよどんだ。

※

「姪を、室生さんに貰ってもらえないだろうか。姪は生まれつき足が悪くて、そのせいで引っ込み思案になってしまい、四十過ぎた今も独身でなあ。妹夫婦からも頼まれていることだし、仲人の大役を君に頼みたいんだが――」

鬼頭から呼ばれてこのように話を持ちかけられた時、高階は思いもよらない頼みごとに心底から当惑してしまった。

室生造船をバックアップするにおいて鬼頭は多角的な調査を入れた。そして、儀一が十年前に妻を亡くし、以来、浮いた噂もなく品行方正な紳士として会社のために一途に勢力を傾けていることを知って「彼なら」と姪の夫にと白羽の矢を立てた。

「ここは一つ、高階君に骨折ってもらいたい」

「しかし……」

高階は大汗をかきながら答えた。

「室生さんが手広く事業をしていると言いましても、たかが愛媛の田舎者。私同様、家柄がいいわけでもないし学歴もありゃしません。身長も標準よりだいぶ小さいですし」

「彼の上げ底靴はかなり有名らしいな。どんなものか、見てみたいものだ」

豪快な笑い声を響かせたが、鬼頭の目は少しも笑っていなかった。

(本気でこの縁談を進めようとしている)

話を持っていくのはたやすいが、そこから先は儀一本人の決めることだ。ほいほいと簡単に話が進むとも思えぬ。自分はどうしたらいいのだろう。まさか、「室生儀一に代わる夫を探してきましょう」とも言えまい。背広のポケットからハンカチを取り出して汗をぬぐう高階に、鬼頭が重ねて、

「どうかな、頼まれてくれるかね」

「話を持っていくのはたやすいですが……」

「伯父のわしが言うのもなんだが、なかなか別嬪《べっぴん》だ。性格もおとなしくて、実に優しい。よく亭主に仕えるタイプだと保証できる。今度、室生さんが上京する際に姪と見合いさせたいと思うんだがね」

「お役に立ちたいとは思いますが、お返事はしばし待ってくださいますか。とりあえず、打診してみます」

「よろしく頼むよ。何といっても、可愛い姪のことだから」

「承知しました」

高階は冷や汗を垂らしながら一礼すると、鬼頭の前から退去した。

※

「ぶちあけたら、こういう話なんやがね。ボスのところの秘書にそれとなく聞いたら、確かに足は少し悪いらしいが気になるほどではないと言うとった。控えめで、なかなかの美人さんらしい」

「何を血迷って、この私に白羽の矢を立てたのですかいのう」

「そりゃ、危機を乗り切った室生造船はボスにとって大きな金脈になるからですよ」

「金脈ねえ」

儀一は電話口で嘆息した。

「今になって再婚話が持ち込まれるやなんて……絵馬が聞いたら嫌がりますやろ」

「そうよなあ。思春期やしなあ」

人情にあつい高階は、この一件を夢子の身に置き換えて考えてみないではいられなかった。

(幸い、我が家は夫婦とも元気で生きとるが、もし母親が死んでから突然知らない女が母親になると言うたら、夢子は泣いて嫌がることやろう)

可愛い娘が嫌がることなどしたくないのが、親心というものだ。

（若くして死んだ母親も可哀想やが、継母を迎える子供にとっても可哀想な話じゃ）

高階は儀一の心中を思いやって、つらい気持ちになった。無言でいると、儀一がポツッと尋ねた。

「盟友だと思えばこそ、何とか力になりたいが――さて」

「……そんなことはないでしょうよ。しばらくは気まずいかもしれないが」

「私が断ったら、あんたさんの立場は悪うなりませんか」

「断ってくれてええですよ」

さすがに、高階の口から「ボスの姪というのは萩子《しゅうこ》という名前で、本当のところはボスが若い頃に山口出身の祇園の芸者に生ませた娘じゃ。子供のいない妹夫婦の戸籍にいれてある。ボス夫人は『女ヒットラー』と陰口をたたかれるほど気性が激しいので有名だし、岳父は箱根の別荘で静養中とはいえまだ生きている。そんなこんなで、都会の有力者に押し付けることができへんのや」と、口が裂けても漏らすことはできなかった。

「即答できん話で、すまんのう」

「いえ、かまわんですよ。ボスには『打診してみたが、思春期のお嬢さんが父親の再婚をいやがった』という形にして、断りを入れましょう。子供がいやがるなら仕方ないと、ボスも諦めてくれるやろ」

「あんた、それじゃ困るんやないかね」

「そんなこと、気にせんとってくれ」

弱り果てた高階の顔が、儀一の目に浮かぶようだった。

「絵馬に聞くだけ、聞いてみましょわい」

「仲人役を押し付けられて、わしもつらいんじゃ。許してくれなあ」

高階は電話口でひたすら謝った。


予想に反して、絵馬は即座に賛成した。いずれ父の跡を継ぐ者として会社を一大コンツェルンにしたいという野望が、この頃既に絵馬の心に芽生えていた。

(総理の座に最も近い位置にいると言われている人の姪が義理の母になることは、私の夢の実現に大いに役立つに違いない)

鬼頭という代議士は大物中の大物と言われているそうだが、それがどうだというのだ。私はその人もその姪とやらも踏み台にしてやる——若さゆえの未熟さで、絵馬は人生を思いのまま操縦できると信じきっていた。絵馬が反対しなかったことで、儀一も盟友のために話を受ける決意をした。

沖縄国際海洋博覧会が開幕した七月十九日、儀一は再婚した。婚姻届けに署名した後、目立たぬ小さなレストランで近親者だけを集めた披露宴が行われたが、それでも一部の週刊誌がかぎつけて会場入り口で待ちかまえて写真を撮ろうとした。

「新郎新婦ともに公人ではないのだから、お控えください」

気丈にふるまっているがさぞつらかろうと絵馬の心中を慮った高階は両手を広げて、儀一や新妻そして絵馬の姿を記者のカメラから遮ろうと必死で動いた。

「絵馬ちゃん、主人が仲人したことを許してね。夢子も気にしていたわ。ごめんなさいね」

絵馬の耳元で詫びる高階夫人の黒留袖の艶やかな裾模様に視線を向けたまま、絵馬は小さな声で、

「私は平気です」

と、答えた。

八、展開

結婚が決まる前、高階夫妻が仲人役として帝国ホテルのラウンジで形だけの見合いの場を持った。その席で、

「私は萩で生まれたから、名前が萩の子と書いて『しゅうこ』なのです」

花菖蒲《はなしょうぶ》を描いた薄水色の清楚な訪問着をまとった萩子は自身の名の由来を話した。若い頃に小町娘と騒がれていた久江とはまた違った和風美人で、憂い顔と言えないこともなかったが儀一は悪い感じは持たなかった。

「ほう。一族は皆さん、東京ご出身とうかがっていたが」

儀一は不思議そうな顔になった、高階から「萩子さんはボスの妹の娘。妹の亭主は都内で手広く貸しビル業をやっとる。もとは関東一円の大地主の家柄じゃ」と、聞いていた。

「萩とは、山口県の萩市ですか？」

「はい」

萩子は小さくうなずいたものの、それ以上は語らなかった。

「名前の由来なんて、どうでもええやないですか。わしなんぞ、長男やいうのに『十郎』言いますから」

柄にもなく高階の顔は赤らんで、内心の動揺を隠そうと紺のスーツのポケットからハンカチを取り出して顔をぐりぐりと拭いた。事情を知らぬ高階夫人は金糸銀糸の縫い取りの華やかな訪問着の袖で口を覆うようにして、

「お見合いの席で、仲人が緊張してどうしますか」

と、くすくす笑った。

高階は仲人を頼まれるに際して、鬼頭から次のように説明された。

「自分が惚れた祇園の芸者は妊娠と分かると郷里の山口県萩市に戻って、ひっそりと女の子を産み落とした。その子が萩子だ。萩子は、妹夫婦の長女として戸籍に記載されてある」

「長女として、ですか」

どういうやり方でと聞きたかったが「そういうことだ」と言われてしまえば、それ以上聞

けなかった。

(偽りの出生証明書を書いてくれた産科医が居たのだろうか)

いや、医師でなくとも助産婦でも出生証明書は出せるはずだ。助産婦をお金で抱き込んだのかもしれない。どうであれ、これは違法行為だ。洩れたら大変なことになる。自分も一切聞いてないことにしなければならぬ。

「家内の親からは呼びつけられて怒鳴り倒されるし、家内は家内でヒステリーを起こして『私の生んだ娘と一緒にされるなんてご免です』と刃物を振り回して追いかけてくるし、あんな恐ろしい目は初めてだった。女中部屋に逃げ込まなかったら、ブスリと刺されて死んでいたかもしれん」

鷹の眼光を持つと恐れられている鬼ガンもこういう人間味があるのか——高階はボスを嫌いになるどころか、ますます好きになった。

「それで、萩子お嬢さんはどこまで真実を知っているのですか」

「戸籍上は一点の曇りもないようにしてあるし、誰も取り立てて言うわけないだろうけれど、どうかなあ。確かめたこともないが、知っているのかもしれん。面と向かって、父と名乗れないのも辛いものよ」

鬼頭は口の端を曲げて寂しげに笑った。

見合いの席で「萩生まれだから、萩子というのです」と言う以上は、当人には分かっているに違いない。

(本人の口から真実が語られるまで、決して自分から言うわけにはいかぬ)

高階は萩子の能面のような白い顔を横目で見ながら、これはアンタッチャブルになっている話なのだと改めて肝に銘じた。

「財界と政界をつなぐめでたいご縁じゃ。お二人仲良う、末永く添い遂げてくだされ」

高階は赤らんだ顔をますます赤くして、儀一に向かって深々と頭を下げた。

※

夜中にフッと目が覚めて隣りに眠る萩子の顔を見るたび、儀一は久江を思い出してせつなくなった。

再婚した萩子は儀一より十歳年下だったから、儀一と二歳違いの久江より八つほど若いことになる。

(久江が生きとったら、五十か)

五十歳の久江はどんな初老婦人になったろう。自分にはもったいないほどの美貌と優しさと品のよさは変わるはずがない。

「久江に会いたいなあ」

儀一はひとりごちた。

「このわしがここに来て、再婚するやなんてなあ。久江、許してくれよなあ」

会社の倒産危機に直面しなかったならば、誰に借りを作ることもなかった。ああした事態に陥って、高階の尽力で危機を脱することができた。盟友高階の顔を立てないわけにはいかなかったんじゃ。

(久江、おまえが寝たっきりでも生きてさえおれば誰も縁談なんぞ持ち込むことはなかったんじゃ……言うてもしかたないが、なんで死んだんや)

久江を思うたび、儀一は涙がこぼれそうになるのを止められなかった。

萩子は、儀一より十センチほど身長が高かった。しかし、痩せているせいか、遠目には横幅のある儀一と同じくらいに見えた。

「いくら食べても太らないたちみたいですわ」

萩子は際立つ美人ではなかったが、品のよいうりざね顔をしていた。大きな声で話すこともなく、当然、声高に笑うということもない女だった。そして、普段着も外出着も寝間着でさえも、常に着物を着ていた。

(生まれついて足が悪いのを気にして、和服なら筒状だから足を隠せると思ってかな)

ジッと観察の目で見たなら、彼女が左足を少し引きずるようにしているのはわからないこともなかった。それでも、走ったりしない限り、はた目に気付かれることはまずない。ところが、「足が悪いことが原因で引っ込み思案になって、伯父が持ってくるお見合い話を全部断ってきた」と言うくらいだから、当事者でないとわからない苦悩があるのだろうと儀一は同情を禁じえなかった。

「生まれつき片方の足が悪いですから結婚なんて思ったことはなかったのですが、女がいつまでも一人でいたのでは周囲に迷惑だとこの年になって気が付いて。伯父があなたのことを『この人なら間違いない』と太鼓判を押してくれたから、私も決心できたのです。こうして嫁ぎましたからには、あなたや絵馬ちゃんに精一杯尽くすつもりです」

結婚した日の夜、萩子は三つ指ついて新妻としての決意を口にした。初婚なのに自分のような子持ちの初老の男に嫁がされることになった萩子を哀れに思い、儀一は萩子をできるだけ大事にしてやろうと誓った。

※

昭和五十三年春、絵馬は高輪女学院大学に進んだ。付属高校から進学する場合、外部から入ってくる学生よりはるかに点数が甘くて比較的自由に学部を選べた。絵馬は迷うことなく、法学部政治学科を選んだ。

高校二年のある日、たまたまテレビをつけたら政治討論会をやっていた。その中で、誰か名前は知らなかったが強面の男が「政治は倫理ではない。政治は力だ」とこぶしを振り上げるのを見た瞬間から、この言葉は絵馬のお気に入りとなった。

(政治は力。そして、人生も力なのだ)

政治学は自分に駆け引きのノウハウを教えてくれるだろう――絵馬は世界を征服するだけの力を持ちたかった。

一方、夢子は文学部国文学科を選んだ。夢子は以前から国文学者になりたいという夢を持っていたが、胸に秘めて口に出すことは無かった。夢子は父の希望をよくわかっていた。父はしかるべき人を自分のお婿さんに来てもらって、その人に地盤を継がせたいのだ。自分に充分な理解を示してくれる母でさえ、

「選挙に勝つための『地盤・看板・鞄』の三つともそろっているのだから、よいお婿さんに継がせて最終的には孫に受け継がせたらいいわ」

と，男孫が生まれるかどうかもわからない今から夢物語を口にして悦に入っていた。政治家の妻がどれだけ大変か、夢子は小さい頃から母を見てよく知っていた。とても、国文学者では政治家の妻が務まるはずがない……自分の国文学者への道は叶わない。

大学生になって、絵馬は一人暮らしすることにした。寄宿舎生活はそれなりに楽しかったけれど、食事時間・消灯時間・門限等々ルールが細かく定められていて窮屈だった。

(中学高校ならともかく、大学生になってからも寄宿舎生活したがるのは夢子ちゃんみたいな勉強の虫だけだわ)

絵馬は大学近くに新しく完成したばかりの六階建てマンションの最上階の角部屋を見つけてくると、愛媛の儀一に電話でねだった。会社が危機に陥った時に売却してしまったマンションの豪奢《ごうしゃ》さには及びもつかなかったもののお洒落で快適に出来ていたから、どうしても欲しかった。

「流し台はディスポーザーが付いているし、和室一つに洋室が三つ、ルーフバルコニーまで

付いている角部屋。角部屋は窓が多いから風通りがよくて、風水から見ても開運に効果があるそうなの。先で後輩の誰かに安く貸してもいいし、前のマンションを手放した代わりにお願い、買って」

「夢子ちゃんはどうするんや。大学生になったのを機に、寄宿舎を出るのか」

「夢子ちゃんは大学院に進学したいという夢があるから、このまま寄宿舎生活を続けるんだって。でも、私が新しいマンションに移ったら土日は泊めてねって言っていたわ」

夢子が「泊めてね」と言ったというのは嘘だが、夢子を信用している父にそう言うのが一番効果的だと絵馬にはよくわかっていた。

「夢子ちゃんが土日は泊まりにくるということなら、話を進めていいぞ」

絵馬の高輪女学院初等科入学のため「東京本宅」として買ったマンションを不景気のあおりを受けて手放さざるを得なかったことをずっと忸怩《じくじ》に思っていたこともあり、儀一は絵馬の望むようにすることを許可した。

「有難う」

儀一の了解を得ると、絵馬はすぐに表参道にあるヨーロッパ高級家具店に走ってあれやこれやと調度品を買い込んだ。そして、このことにいっさいの断りもないまま、その請求書を儀一宛に送りつけた。呆れるほどの金額だった。

「マンション購入は許可したが、こんなに高い調度品をそろえるなら事前にこれこれ買いますからと知らせるべきじゃろうが」

「まあ、お父さんたら」

文句の電話をしてきた儀一に、絵馬は愉快な笑い声で答えた。

「マンションを買うということは住むための家具も買うことに決まってるじゃないの」

困った娘よ――儀一はため息をついた。

（わしの収入からして払えん金額ではないが、一言の相談もなく進めてしまう絵馬の身勝手さ、一体どうしたもんか）

四年も通うことになった幼稚園時代から始まって、なんでも自分の思うようにしないと気が済まない娘――かつて石鎚山ふもとのお竹ばあさんの「望めば世界征服も叶うだけのエネルギーを持って生まれますが、自ら仕掛けた罠にはまるみたいな怖いことに」この言葉を思いおこし、儀一は漠とした不安に駆られた。

※

（さあて、自分の力を試す時期が到来した）

絵馬は嬉しくてならなかった。高校生になった頃から街を歩くとスカウトマンから声を掛けられるなどということは、日常茶飯事だった。しかし、高輪女学院の方針として大学に入るまでいっさいのアルバイトは禁止されていた。

「あなたにはスターのオーラが出ている。学校の許可が下りたらすぐ連絡して下さい」「必ず、我が社からデビューしてほしい。全力でバックアップします」「前もって、親御さんに会わせてもらうわけにはいかないでしょうか」

このように、どれほど懇願されたことか。そのたびに、絵馬は、「大学に入ったら、もしかしたら連絡させてもらうかもしれません。お名刺だけ頂いていいですか」

と言うようにしていた。「もしかしたら」と含みを持たせることで、安売りしないという態度を示したわけだ。

時節到来の今、絵馬は束になった名刺からJ事務所という中堅どころを選んで連絡を入れた。

(私一人に集中して売り込んでもらうには小さすぎてもいけないし、あまりに大手でもいけない)

その点、J事務所はちょうどいい規模だったし核となるスターがまだ存在していなかった。

絵馬に名刺を渡していたJ事務所の男は大学生になった絵馬から連絡を受けた時、深い意味なく親は何をしているのかと職業を聞いた。

「言わないといけませんか」

「大学生といってもまだ未成年ですから、親御さんの許可がいるんです。正式に契約するには、親御さんとも会わないといけませんから」

「そうですか。私の父は愛媛県今治市に本社を置く室生造船株式会社の代表取締役です。実の母は子供の時に亡くなりましたが、今の母は鬼頭岩次郎代議士の姪です」

彼は仰天し、すぐさま事務所社長に報告した。

「ひと目見た時から半端ないオーラが出ていると思って名刺を渡しておいたわけですが、大当たりでした。大変な背景を持っている子です」

「そうか、よくやった。ここに来て、ようやく金鉱発見となったわけだ」

社長は小躍りし、売り込み作戦を話し合いたいと自ら電話して絵馬を渋谷にある事務所に招いた。

「室生造船、鬼頭代議士というきらびやかな背景はあなたの箔になります。本名で勝負しましょう」

「いやです」

絵馬はきっぱりと答えた。

「私は自分の力で勝負したいから、室生という名も母の伯父の名前も出したくないのです」

「立派な考えですが、使える武器は使ったほうが早く世に知られますよ」

「私の背景を武器に使うと仰るなら、この話は断らせていただきます」

頑として、絵馬は譲らなかった。もっとも、理由はただ一つ、次期総理と騒がれている「鬼ガン」こと鬼頭岩次郎の名前を出すことで萩子に借りを作りたくなかっただけのことだが。

「そうですか」

社長は少し考えてから、「では、室生の『室』という字を使って氷室絵馬にしませんか。

絵馬はいい名前ですから、そのまま使いましょう」

と提案した。「絵馬というお名前を考えたのは父上ですか」

「はい。護符の代わりになるからと、どなたかからアドバイスされたと聞いています」

「ほう、護符の代わりと。素晴らしいじゃないですか。これで決まりだ、芸名は氷室絵馬。これで行きましょう」

絵馬は口のうちで「ひむろえま、ひむろえま」と繰り返してみてから、

「了解しました」

と、答えた。

「ついては、契約書にお父様のサインがいりますので一度お会いしたいとお伝えくださいますか」

「電話口に出てもらって許可をもらうだけではいけないのですか？」

「あなたは未成年者ですから、親の承諾サインが必要なんです。これはルールです」

ルールと言われては仕方なかった。いったん帰宅して儀一の在宅時間を狙って電話を入れた。

話を聞いた儀一は呆れ返っただけでなく、猛反対した。

「芸能界に入りたいなどと、何を血迷っているんじゃ。小遣いが足りないなら、萩子と相談して今より倍の金額に増やしてやる。ちゃんと大学を卒業してこっちに戻って、さっさといい結婚したらええんじゃ」

「大学生なら誰でもやっているアルバイトの一つだと考えたら、芸能活動もどうってことないじゃない」

「アルバイトなんぞ、苦学生がするものじゃないか」

「なんて、頭が古いんでしょう。夢子ちゃんだって、中学受験の女の子の家庭教師を開始したわ」

「夢子ちゃんが？」

「そうよ、嘘だと思ったら聞いてごらんなさいな。高階のおばさまも夢子ちゃんからアルバイトしてもいいかと聞かれた時に『お金を稼ぐことの大変さがわかるから、アルバイトしてみるのはいいことよ』って、すぐに賛成なさったそうよ」

「そうは言うても、家庭教師と芸能活動とは質が違うじゃないか」

「質が違うだなんてそんな言い方、可笑しいわ。ヌードモデルになるわけじゃないのよ。夢子ちゃんがアルバイトを辞める時に私も辞める、約束する。それなら、許可してくれるでしょ」

「必ず、夢子ちゃんが辞める時に辞めるんやぞ。言うておくが複数年契約は不可、一年ごとの更新が条件じゃ。それも、自動更新なんかは絶対に許さん。毎回細かく話したうえでの一年ごとの契約だぞ。それから、『こちらが契約更新しないと意思表示した時点をもって速やかに残務整理に入ること。事務所はどんな要求もしない』とこの二つを明文化させておくこと。これらを事務所の社長に伝えて、それでいいなら今治の本社まで来てもらおう」

絵馬を自社タレントとして抱え込みたいＪ事務所社長が儀一の突きつけたどの条件に反対するはずもなく、儀一に気に入られるような契約書を作って今治市波方町の室生造船本社に飛んで行ったのは言うまでもなかった。

Ｊ事務所社長は迅速に動いて、夏が終わるまでには絵馬を青春映画の準主役として出演させることを決めてきた。

「演技経験のない新人タレントを準主役にねじ込むなんて」

非難の声があちこちから上がったが、

「回想シーンでの出演ですし、そんなに長いセリフもないですから」

社長は意に介すことなく、シラッと答えた。監督のほうも、

「候補選びの際は中堅女優の名も数人あがっていましたが、どうして新人の氷室絵馬を大抜擢したのですか」

と問われるたび、「この役の為に生まれた子だなと、ビビッと感じたからさ」と、笑って相手にしなかった。実のところ、監督はＪ事務所社長から早い段階で「これは秘密なのですが」と前置きされた上で絵馬の背景を聞かされていた。聞いた時、監督は内心で「やった」とほくそ笑んだ。彼は心中ひそかに政界進出をもくろんでいた。それで、

「僕は何も聞かなかったことにするからね。君も口が裂けても、僕に話したと言わないようにね。約束だよ」

このように、社長にしっかり釘を刺すのを忘れなかった。彼は自分が絵馬を発掘した形にして、次期総理と目されている鬼頭岩次郎に恩を売っておきたかった。

(姪の娘の芸能界での活躍の端緒を開いたのが俺だと知ったら、鬼ガンの覚えめでたくなるだろう)

まずは参議になって次は代議士に鞍替え、そして閣僚ポストを狙うんだ——野心家の監督の夢は広がる一方だった。

※

「さあ、大会社への一歩だ。雌伏《しふく》の時は過ぎた」

社長はスタッフ全員に発破をかけた。

「氷室絵馬をあの手この手で売って売って、売りまくるんだ」

絵馬の登場によって近くデビューが決まっていた二人の少女はデビュー見送りとなり、二人とも怒ってJ事務所を辞めていった。

「クズ石はいらない」

社長は冷たく言い放ち、絵馬の売り込みにますます注力することとなった。

(強力なバックボーンを持つ氷室絵馬は、かけたお金を何十倍・何百倍にして返してくれるだろう)

明るい未来を考えた時、彼の口元は自然とほころんだ。

「俺が、世界の氷室絵馬にしてみせるから」

「頑張ります。よろしくお願いします」

殊勝に頭を下げながら、絵馬は社長の単細胞さを笑った。

（お馬鹿さんね。私は人に利用されるなんて真っ平ごめんよ）

芸能界での成功など、はなから目指していない。絵馬にとって、芸能界入りは各界に人脈を広げる手段であって、他の何ものでもなかった。

「私はいずれ、『室生コンツェルンの総帥《そうすい》』と呼ばれる人になってみせる」

総帥という言葉を口から発する時、絵馬は魅惑の響きに酔いしれた。父が一代で土台を築いた室生造船株式会社と天から与えられた美貌を武器にしたら世界征服も夢ではない。鏡に映る、どの角度から見ても文句のつけようもない自分の美貌に絵馬は心から満足していた。

（まだ知名度が足りない。早く全国区にならないかしら）

じりじりする絵馬の希望を叶えてくれたのは、日本最大手のSという清涼飲料水販売会社だった。

九、夢子の恋

「恋の予感はＤＡＺＺＬＩＮＧ（ダズリング）」

Ｓ社の新製品ＤＡＺＺＬＩＮＧの小瓶を片手に、浜辺をカモシカのように軽やかに走るテニスウェアの絵馬が画面に登場すると「あの子は誰？」とテレビ局に問い合わせが殺到するようになった。映画は有料だが、テレビはスイッチを入れさえしたら子供でもただで見ることができる。絵馬は今さらのように、テレビの力を思い知ることとなった。絵馬は瞬く間に全国津々浦々、子供から大人まで知られる人気者となった。

Ｊ事務所はすかさず、絵馬に『ほんもの・ゴージャス・氷室絵馬』というキャッチコピーを新たに付けた。事務所サイドはさりげなさを装って絵馬の華麗なる背景を漏洩させた。高級なものや上流階級に憧れるのは人間の心理として当然のことであり、絵馬の背景は人気に拍車をかけこそすれ、マイナスに作用することはなかった。

パリ・ミラノに進出している著名な服飾デザイナーが「今年のテーマ『贅（ぜい）に凝る』のイメージキャラクターは氷室絵馬さんです。彼女こそ、我がクチュールメゾンの今年の顔です」と発表したのも、事務所社長の奮戦によるものだった。

「ジャリ・タレがはびこっている芸能界で、こういう正統派が登場したのは実に喜ばしいことよ。目が合った瞬間『ミューズがここにいる』と魂が揺さぶられる思いがしたものだわ」

記者会見の席上、ゲイと噂されている小太りのデザイナーは絵馬を褒めあげた。

「いくら際立つ美貌の持ち主とはいっても、絵馬さんはデビューまもないタレントですよね。先生のメゾンの今年度の顔となったのは、やはり彼女の素晴らしい背景を考慮した上のことですか」

週刊誌の記者の辛辣《しんらつ》な突っ込みに対し、彼は手の甲をたらこ唇に当てて、

「全く、馬鹿なことを言うのね。いいものはいいということ――それがわからないなんて、あなた、お勉強が足りないわよ」

と、大げさに嘆いてみせた。それを舞台横のカーテンの後ろから、事務所社長が満足げに見つめていた。

※

昭和五十五年春、大学三年に進級してすぐ休学届を出した絵馬だったが、そのことはまだ儀一に告げてなかった。いずれ、萩子の口を通して知らせたらいいと考えていた。

「夢子ちゃんがアルバイトを辞めた時に自分も辞めると約束したではないか。夢子ちゃんは三年になった時点で家庭教師のアルバイトを辞めたと高階さんから聞いたぞ」

この頃、ひっきりなしに儀一から電話がかかるようになっていた。

「夢子ちゃんは大学院に行くから、その対策をしないといけないの。だから、不本意ながら家庭教師のアルバイトを辞めざるを得なかったのよ」

「夢子ちゃんが大学院に?そんな話は高階さんから聞いておらんぞ」

「この間も夢子ちゃんと話したけれど『大学院入試に合格さえしたら院生になることを許してくれるかもという淡い期待を胸に、必死で頑張る』って言ってたわ。そんな夢子ちゃんを見ていると、私も頑張らねばって思うのよ」

「夢子ちゃんの話はわかった。どうであれ、夢子ちゃんはアルバイトを辞めたんやから、絵

馬も早々に事務所社長に『来年度の更新はしない』と伝えるんやな」

「そういうわけにはいかないのよ。次々オファーが来るんですもの」

『やりたくない』と、はっきり断ればええやないか」

「そうは言っても、社長が『会社の命運がかかっている。頼む』と両手を合わせて拝みたおすんですもの。むげにできないのは人情というものでしょ」

「人情とか何とかではなく、自分の好き勝手にしているだけじゃろうが。大学をちゃんと卒業するのが先決じゃないか」

「在学中に起業する人も大勢いる世の中よ。大学を卒業してから、なんて暢気《のんき》なことを言っている暇はないわ。私だって、それなりに考えているんだから」

「何を考えることがあるんじゃ。ちゃんと単位を取って卒業したらええんじゃ」

電話口で言い争いになりかけるたび、萩子が横からとりなした。

「いずれ愛媛に戻るのはわかっているんですから、大学時代くらい自由にさせてあげてくださいな」

電話の向こうから聞こえる萩子の声に、絵馬はふんと鼻で笑った。絵馬が長谷部のことをいつが来ても好きにならなかったように、萩子のことも最初から好きではなかったし好きになりたいとも思わなかった。彼女の憂い顔も気に入らなかったし、左足を少し引きずる歩き方になっていることを気にして年じゅう和装しているのも大いに気にさわった。

(変わり者なんだわ)

絵馬は、萩子を変人と一方的に結論づけた。

この年、絵馬はまた大きな躍進を遂げることになる。数年前に日本アカデミー賞の最優秀監督賞を受賞して以来、ぐんぐん名を上げてきている若手監督が戦争映画の主演女優を探していると聞いた事務所社長は、「うちの秘蔵っ子の氷室絵馬をヒロインに起用してほしい」と集中砲火のように物量作戦に出た。

「主人公の友人とか妹の役ならともかく、いくら何でも主演は……」

「そこを何とか」

「大役ですから、まだ少し経験不足でしょう」

渋る監督に決定打を与えたのは、鬼頭岩次郎代議士だった。社長は伝手を頼って内密で萩子に接触し、鬼頭と会う時間を作ってもらった。

「萩子さまからも『陰ながら娘を応援したい』という有難いお言葉を頂いております」

日暮れた高級料亭の一室で、社長は鬼頭の前にひれ伏した。

「何とぞ、お口添えくださいますよう願いたてまつります」

『たてまつる』とはまた大げさな。江戸時代か」

自分から連絡してくることのない萩子からじかに電話があったことが、鬼頭を上機嫌にしていた。

「この役をもらえば、絵馬さんは女優として大きな成長を遂げましょう。能力はあるので、あとはチャンスが必要なんです」

「うむ、あらましは萩子から聞いておる。監督が渋っているそうだな。今回の映画の大ロスポンサーであるY製薬会長とはまんざらでもない仲だ。電話一本するくらいのことでいいなら、やってみましょう。あの人は堅物だから夜の遊びはいっさいしない。この時間はもう自宅だろうな。かけてみましょう」

「まことに然るべき配慮を賜れますなら、この上もない幸せに存じます」

「いい加減に、その大仰な言い方はよしなさい」

鬼頭は腹をかかえて笑うと、室内に置かれた内線電話を使って会長の自宅番号につなぐように命じた。幸い、会長はすぐに電話に出た。

「会長、夜分に電話して申し訳ありませんな。お願いを一つ聞いてもらえまいか。氷室絵馬は私の可愛い姪の義理の娘なんだが、その娘をひめゆり部隊なんとかという映画に主演させてもらえるよう、会長から一押ししていただけないものか。なかなか頑固な監督らしいが、おたくという大ロスポンサーに降りられたら弱るでしょう」

電話の向こうで「了解しました」という声が響いた時、社長は年甲斐もなくその場でバンザイしてしまった。

この電話一本が効果絶大だったことは言うまでもない。監督は腹をくくらざるを得なくなり、一か八かの大勝負に出た。絵馬の演技はプロの目からはまだまだ未熟だったが、圧倒的な人気のおかげで『ああ、ひめゆり部隊』は近年にないほどの観客動員数を記録した。

「彼女はまだ原石に過ぎないが、磨く前からダイヤモンドとしての異才を見せつけた。僕が氷室絵馬をヒロインに据えたことは間違っていなかったわけだ。僕には真のスターを見抜く力がある、そう自慢させてもらっても君たちは納得してくれるだろうね」

興行大成功の記者会見の席で、監督は自画自賛してみせた。

※

絵馬が学業から離れて芸能界で大活躍している中、夢子はひたすら勉学に励んでいた。そんな夢子が大学近くの書店に留め置いたままの『新約・源氏物語』を取りに行ったのは、木枯らしの舞い始めた十一月最初の月曜夜八時を少し回った頃だった。


自分では綺麗とも魅力的とも一度たりも思ったことはないのに、大学に入ってからの夢子は街を歩くとしばしば若い男性から声を掛けられるようになっていた。

「失礼ですが、お茶をご一緒させてください」「失礼ですが、前々から気になっていました」「失礼ですが、僕は〇〇大学の学生です。少し、お話させてください」云々——さすがに、絵馬のようにスカウトマンから声は掛からなかったが、明るい時間に街に出ると毎回のように言い寄られた。そういうことがうるさいので「注文した本が届いているのにうっかりしてずっと取りに行けてないので、八時半閉店に間に合うように大急ぎで取ってきます」と舎監に断って、この時間に出てきたのだった。舎監も夢子のまじめさはよくわかっていた!、目と鼻の先の書店だったから、

「八時過ぎての外出は禁止なのだけど、本を受け取って帰るだけなら大目に見ましょう。高階さんだからの特別待遇だから、すぐに行って帰ってきてくださいよ」

と、気持ちよく許可を出してくれた。

「すぐに戻ります」

夢子は先日広島の母が送ってくれたカシミアのベージュコートの下に背中まで伸ばしたまっすぐな黒髪をいれて、北風の中を出掛けた。


「早くにお電話いただいていたのに遅くなりまして、申し訳ありません」

包んでもらって書店を出たところで、「あのう、失礼ですが」と後ろから声を掛けられた。

夢子はかすかに眉根を寄せた。聞こえないふりで足早に立ち去ろうとすると、

「もしかして、高階夢子さんじゃないですか」

名前を呼ばれて、夢子は足を止めて振り返った。ブルーのタートルネックのセーターの上から無造作に同色のダッフルコートをはおった長身の青年が白い歯を見せて立っていた。悪い印象ではなかった。

「高階夢子さんですよね」

「……はい」

「あ、やっぱり。夢ちゃんだった」

相手は瞳を輝かせた。親しげに「夢ちゃん」と呼ばれ、こんなふうに呼びかける人って誰

だろう——と夢子は瞬きを繰り返した。

「どなたでしょうか」

「忘れちゃった？でもまあ、時間が経ち過ぎているから仕方ないか……」

夢子が男子学生と知り合うことはまずない。大学生になって近隣の大学との合コンにあけくれるクラスメイトも居ないこともなかったが、夢子としてはそんな騒々しいところに行きたいと思ったことは一度もなかった。

（一体、誰かしら）

夢子は先ほど受け取った本の入った紙袋を胸に抱くようにして、わずかに首をかしげた。どう考えても思い当たらなかった。自分の名前を知っているということは、事前調査していたのかもしれない。それだと、一層の警戒が必要だわ——

夢子は自分より二十センチはゆうに高い身長の彼を見上げて、

「ごめんなさい。思い出せなくって」

失礼しますと踵《きびす》を返そうとした時、

「教会の日曜学校で一緒だった高沢信彦《たかざわのぶひこ》ですよ。九月生まれの同い年」

夢子は「あっ」と口を押さえ、思わずのけぞりそうになった。

「あの高沢信彦——さん？あの？」

『あのマメダの？』と言わないでね」

「そんな、マメダだなんて……」

夢子は耳まで赤くなった。

中学で上京してから絵馬と一緒の寄宿舎に入るまでの期間、父の東京事務所を住まいにしていた夢子だった。その事務所近くに日本キリスト教団の教会があり、東京の生活に慣れるまでここの日曜学校に通っていた時期があった。日曜学校は楽しかったが、そのうちに絵馬とも親しくなって日曜学校に行くのをやめてしまった。

確かにジッと見たら、あの当時の高沢信彦のおもかげが残っていた。切れ長の涼しげな目、形のよい鼻。しかし、あの頃の信彦は中学生にしては身長も低目で、まるまる太っていたので豆狸、略してマメダというあだ名が付けられていた。

「僕、中学二年の終わりごろからぐーんと背が伸びたし高校に入ってバスケットボール部に入ったのがよかったのか、めきめきとスリムになって今じゃ体脂肪率が一桁なんだよね。これって、自慢していいことでしょ」

信彦は得意げに胸を張った。

「一桁とは凄いわ。大いに自慢していいことよ」

「懐かしいなあ。僕はクリスチャンの母親に連れられて赤ん坊の時からあの教会の日曜学校に通っていたんだけど、中学になったら天使みたいなきれいな女の子が現れて『嬉しいなあ』と仲良し同士で話していたら、またすぐに来なくなって……でも、僕はちゃんと高階夢子さんという名前を脳裏に刻んでいたんだ。どうして、来なくなったの」

「広島からこちらに出てきた当初は寂しくて日曜学校に通っていたんだけど、すぐに仲良しができて、それで……」

申し訳なさそうに答える夢子に、信彦は笑って話題を変えた。

「高輪女学院中等部だったから、そのまま高輪女学院大学に進んだんでしょ。専攻は何？」

「文学部国文学科よ。信彦くんは？」

信彦くんと親しげに呼んでから、夢子は恐縮した。

「つい、あの当時の呼び方してしまったわ。ごめんなさい」

「いいんですよ、信彦くんで。僕もあの頃のように、夢ちゃんと呼ばせてもらうから。ああ、今日を境に改めて付き合ってもらえるならばの話だけど。いいかなあ」

夢子が頬を薄ピンクに染めてこっくりうなずくと、信彦は「よかった」と白い歯を見せて爽やかに笑った。

「それで、信彦くんは今どちらの大学？学部は？」。

「父の後を継ぐため、慶応の法学部政治学科にね。父と同じ東大に行きたかったんだけど、合格できなくて」

そうだった――夢子は思い出した。彼の父も与党代議士だった。当時、父にその名前を告げた時、父はいつになく不愉快そうな顔になって肩をすくめただけで何も言わなかった。後日、母から信彦の父が夢子の父とは同じ党にありながら敵対派閥に属する人だと知らされた。すっかりしょげてしまった夢子に、母は「子供の世界に、親の派閥なんて関係ないのよ」と励ましてくれたものだ。

「今日は父に頼まれたイスラム原理主義についての関係書籍を探して、あちこち歩き回っているうちにここに行き着いて、こうして夢ちゃんと再会できた――これは父のおかげだなあ。父に感謝しなきゃいけないな」

「一つ違いのお兄さんがいなかった？」

「年齢は一つ違いだけど、兄は一月の早生まれだから学年で二級上になるんだ。彼は早い時期から『政治家なんて、真っ平ごめん』と言っていて、さっさと東大医学部に進んで現在は五年生。『そろそろ、医師国家試験の対策しなきゃ』とか言っちゃって忙しそうだよ。兄貴が医者の道を選んだから、お鉢がこっちに回ってきたわけさ。それはそうと、高輪女学院といえば、今人気沸騰の氷室絵馬が高輪女学院三年だったよね。もっとも、休学中らしいけど」

なんだ、絵馬ちゃんを紹介してほしかったのかと夢子はがっかりした。

「絵馬ちゃんとは親同士が仲良しの関係で、中学からずっと親しくしているの。紹介しましょうか？絵馬ちゃんの電話番号を知ってるから……」

「いいよ。僕は芸能人に興味はないんだ」

さらりと言ってのけた信彦に、夢子の気持ちはまたスッと明るくなった。

「あっ、大変。立ち話をしているあいだに八時半の閉店時間が近くなったことを知らせる音楽が流れてきたわ。私、大学生になってからも寄宿舎生活しているのよ。舎監さんともすっかり仲良しで、規則違反だけど『本を取ってくるだけ』と言って特別に出してもらったの。遅くなったら、舎監さんに大きな迷惑がかかるわ」

書店から流れる『蛍の光』を背に受けて、「また機会があれば」と去ろうとする夢子に、信彦は、

「寄宿舎まで送るよ。近いのが残念だけど」

信彦と歩調をあわせ、コツコツと靴音を響かせながらペーヴメントを歩く夢子は、ふわふわと雲の上を歩いている気持ちに包まれていた。

(風は冷たいけど、とっても温かな気分)

夢子の遅い初恋だった。

十、スキャンダル

絵馬はナポレオン顔負けの睡眠時間三時間で、タイトなスケジュールをどんどんこなしていた。忙しすぎて舞い倒れそうになる日もあったが、忙しいこと自体は一向に苦にならなかった。

(忙しいのは、売れている証拠)

絵馬が短期間でスターダムを駆けのぼれたのは彼女の背景をうまく利用した事務所一丸となっての売り込み作戦のおかげもあったが、何としても大きな要因は絵馬に優れた演技能力が備わっていたことだ。一作ごとにヴェールがはがれるように絵馬の演技力に磨きがかか

り、気難しくてめったに人を褒めないので有名な映画評論家Tでさえ、
「氷室絵馬は生まれついての女優であり、日本映画界の大事な宝だ」
と、手放しで称賛した。

※

俳優から身を起こしたロナルド・レーガンが第四十代アメリカ大統領に就任した昭和五十六年一月、大きな転機が絵馬に訪れることとなった。

「昨年度のオスカー女優を主役に迎え、ファンタジックな香りのする歴史大作『真珠湾・秘話』の、日本側のヒロインに氷室絵馬を抜擢したい」

映画の都ハリウッドから名指しされた瞬間から絵馬は「世界の氷室絵馬」となった。ファンタジーを撮らせたら世界一と喧伝されているアメリカ人監督Sから絵馬への『真珠湾・秘話』出演依頼話は、日本じゅうどころか世界じゅうの話題をさらった。そして、絵馬がその申し出をあっさり蹴ったことで、世界の誰もが仰天することとなった。

『Ｅｍｍａ、Ｗｈｙ?』欧米の新聞は派手に書きたてた。もちろん、日本のメディアからも
「どうして」と事務所への問い合わせが殺到した。

『世界の氷室絵馬』になれる、ビッグチャンスなんだぞ」

事務所の社長は困惑しきって、絵馬に翻意を迫った。

「世界中のどれほどの役者が『S監督と一緒に仕事をしたい』と願っていることか。しかも、

この役は日本人女優からしてみたら垂涎《すいぜん》の的だぞ。第一、事務所に相談なく勝手に断りのコメントを発表するなど、ルール違反じゃないか」

「三年がかりの大作のためにそんなに日本を留守にするなんて、とても考えられない」

絵馬は肩をすくめてみせた。

「三年も日本を留守にすると、移ろいやすい日本のファンたちの心が離れるでしょう」

「そういう心配なら無用だ。現地からの近況と銘打って、定期的にアメリカでの生活ぶりを配信する。これで一件落着だな。さっそくS監督には弁護士を通じて『あまりの重圧に不安を感じて逃げてしまいましたが、これ以上の光栄はないわけで日本女性の代表として命懸けでやるという決心がついたので是非ともやらせていただきたい』と丁重な侘びを入れよう。面子をつぶされて気分を害しているだろうが、ここは平謝りに謝って許してもらうしかないな」

「許してもらわなくとも結構よ。だから、謝ることはないわ」

「まだ何が言いたい？」

「私の目指すは、女優としての成功ではないのよ。父の仕事を受け継いで、グローバルな実業家として名を馳せたいの」

「グローバルというなら、この映画に出ることが何よりじゃないか。綺羅星のごとき一流のハリウッドスターたちと競演することで世界じゅうに名前が知れ渡る、言うことなしだ」

「でもね、あらましのストーリーを聞いた限りでは日本側のヒロインといっても出番はハリウッド女優の半分もないじゃないの。もっと私の出番を増やしてもらってくれる？　それなら、受ける」

「こちらから要求なんか出せないのはわかるだろう？　相手を誰だと思ってるんだ」

社長は頭をかかえた。

「とにかく、今回だけは事務所の指示に従ってほしい。君がハリウッドに進出することで、後進のタレントたちにも海外への道が開かれるんだ。契約書にも明記してあるとおり、仕事を受ける受けないの最終決定は事務所にあるんだから」

「契約違反というなら、違約金を父に払ってもらって私はこのまま芸能界を引退するわ。前々から、父から耳にタコができるほど『芸能界にいつまでも居るものじゃない。さっさと大学に戻れ』と言われているんだから」

絵馬に引退すると言われて、社長には返す言葉がなかった。絶頂期がいつまで続くかわからないが、脅威の利益をもたらしている絵馬に今引退されては元も子もありはしない。社長の渋面を尻目に、絵馬は艶然と笑った。

「父はいつも『小遣いが足りないなら言いなさい。幾らでも出してやる』と言ってくれてるわ。とりたてて、私が働く必要はない家だし」

「いい加減にしないと、生意気な女優と思われて損するぞ」

社長は干されるぞと絵馬を脅した。ところが、この一件で絵馬の人気は急降下かと思えばその逆で、

「ｍｙｓｔｅｒｉｏｕｓ　Ｅｍｍａ　ｏｆ　ｍｙｓｔｅｒｉｏｕｓ　ｃｏｕｎｔｒｙ（神秘の国のミステリアス絵馬）」

と、箔がついた形で世界のメディアから呼ばれるようになった。

「ほらね。白人に迎合していたら駄目なのよ」

この騒ぎ以来、絵馬の出演料は一気に十倍に跳ね上がった。


（白人女優の引き立て役になるなんて、まっぴら御免だわ）

もう二、三年したら華やかに引退し、父の会社を引き継ぐ。不景気のあおりで撤退せざるを得なかったホテル業務にも再挑戦して、今度はリゾートホテルをメインにした観光会社を起こそう。それから、配送部門も復活させて戸別宅配業務にも参入してみようじゃないか。

（そうだわ。その前に、私の人気を活かして宝飾品を扱う『絵馬ブランド』を立ち上げよう）

絵馬の脳裏で、浮かぶ複合企業体の構図は次々と大きく広がっていた。

（波方町にある室生造船本社ビルもいかにも古っぽくなって、建て替える時期が来ているようだわ。私が受け継いだらすぐ、総ガラス張りのビルに建て替えよう）

太陽に照らされてキラキラ輝く全面ガラスの巨大なビル。自分はその最上階に君臨するのだ。絵馬はその場面を頭に描いてみた。

（全身に力が満ち満ちるようだわ）

権力を持つ快感に勝るものがあろうか、あるわけがない。権力に恋する絵馬だったから、恋愛で芸能ニュースを騒がすことはなかった。

（恋だの愛だの、くだらない）

どこかの歌の文句に「惚れた腫れたは当座の内」という言葉があったが、まさしくその通りだ。恋はうたかた。あぶくのように消えていく。しかし、権力は不動だ。私は権力を持ちたい——絵馬は、自分が男に生まれなかったことが残念でならなかった。

※

「絵馬さんのご活躍ぶり、素晴らしいですね」

周囲から絵馬のことを褒められるたび、儀一は「自分の決めたままに突き進む娘で、弱ります」と憮然とした。

（貧しいわけじゃなし、何を思うてあんなに飛びはねているのやら）

どうして、高階夢子のようなしとやかな令嬢に育たなかったんだろう。まったく、絵馬は手のつけられない跳ね馬じゃ——同じ一人っ子の一人娘でも夢子のようなおとなしい娘を持った高階十郎を、儀一は心から羨ましいと思った。

萩子を通じて絵馬が大学三年で休学していると知らされた時はがっかりして怒る気も起きなかったが、儀一にしてみたら「ぶじに卒業して、早く愛媛に戻れ」と口を酸っぱくして言うしかないと腹を据えた。

（何といっても、わしの血を引くのは絵馬だけじゃ）

儀一は胸に沈殿しているお竹ばあさんの予言めいた不吉な言葉が脳裏をかすめるたび、頭から振りはらおうと二度三度と首を振るのだった。

当時、還暦を迎えた人を一律「老人」とみなす傾向が強かった。体力に自信がありばりばり活躍している儀一だったが、明治大正生まれの者の大半が受け入れていたように「六十を迎えたら老人」という考え方を持っていた。

（わしもじき還暦。引退を考えねばならぬ時期だ。親族を会社の要職に就かせ、会社創成期からの子飼いの社員たちもよく頑張ってくれとる。再びオイルショックでも起きない限り、会社は潰れることはないやろう。大事なのは金の流れを本家本元が押さえておくこと、これに尽きる。本家本元ががっちり押さえてないと、内部分裂してしまう）

儀一は、絵馬に早く結婚してほしかった。絵馬が結婚して男児を生めば、その子こそが室生一族の長だ。「生まれながらの将軍」と自称した徳川家光のように、自分が土台を築きあげた会社は絵馬の生む男孫によって安定した大企業になるはずだ。絵馬が会社を仕切りたいと考えていることも知っていたが、しょせん女だ。女のトップなど、次世代へのつなぎに過ぎない。一日も早い男児の誕生が待たれる。それには、絵馬を早く復学させて卒業させてしまうことに尽きる――

※

二月も終わりの天気のよい日曜、時計の針を見たら正午になろうとしていた。久しぶりに休みの取れた絵馬は思い立って寄宿舎の夢子に電話してみることにした。丁度そのとき、夢子は信彦とのデートに出掛けようとしていたところだった。

「忙しいのに、電話してくれてどうも有難う。とても忙しそうね。週刊誌の『ミステリアス絵馬特集』読ませてもらったわ。すごいことになったのね。絵馬ちゃんはもう雲の上の人、別世界の人になったのね」

「冗談よして。氷室絵馬は仮面、中身は昔のまんまの室生絵馬よ。夢子ちゃんと出会った頃から少しも変わってないわ」

「どうして、留守番電話サービスを取り入れないの?絵馬ちゃんと話したいと思ってマンションに電話しても捕まらない、虚しくコールサインが響くだけ。昔は業務用だけだった留守番電話サービスが、今では個人宅でもサービスを受けられるようになってるというのに」

「仕事ならマネージャーが管理してくれているし、電話に振り回されたくないのよ」

「そうねえ。その気持ち、私にもわかる気がするわ。忙しすぎるんだものね。それにしても、いつ大学に戻るの?この前も父がおじさまと話す機会があったそうだけど、『お金に困っているわけではないのに、いつまで芸能界に居るつもりか』としきりにこぼしてらしたそうよ」

「父には『もうじき』と言ってあるんだけどね。それはそうと、大学院向けての勉強は進んでいるの?」

「……断念したの。来年卒業したらすぐ、広島に戻るのよ」

夢子の声は沈んだ。

「絵馬ちゃんみたいに強くないから、父や母が『帰れ、帰れ』と言うのを振りきれないの」

「じゃあ、東京に居られるのも今年一年じゃない。と言っても、飛行機に乗ってひとっ飛びして東京に出てきたらいいだけの話よね」

「私の場合、卒業後一年以内にはお見合い結婚させられる気がしてるの。でも……」

少しの沈黙があった。

『でも』って、なに？」

「人間、どうしようもないことってあるわよね」

「なあに、意味深発言じゃないの。今日は数ヶ月ぶりでゆっくり休める日なの。東横線の代官山駅近くにある、Lという南欧レストランで待ち合わせしない？そこなら隠れ家的なお店だし、ゆっくり話せるわ」

「有難う。でも、ちょうど今から出掛けるところだったの。舎監さんに『電話ですよ』と大声で呼ばれて、急いで引き返してきたのよ」

「あら、デート？」

軽くからかったつもりだったが、夢子が「そうなの」とあっさり答えたので絵馬は表情を引き締めた。

「またいつか、紹介するわね」

「どこで知り合ったの？私が知っている限りの夢子ちゃんは大学と寄宿舎の往復だけだったじゃない。もしかして、私と連絡とれなくなった時を境に合コンに参加するようになった？」

「違うわよ。私が合コンなんか行くわけないじゃない」

受話器の向こうでくすくす笑いながらも夢子がフッと悲しげにため息を吐いたのを、絵馬は聞きのがさなかった。

「まさか、親に反対されるような問題のある人？」

「反対されるもなにも、まだ広島の両親には話せてないの。だって、父が『ボス』と呼んで尊敬している鬼頭先生とは犬猿の仲だと言われている高沢公望代議士の息子さんなんだもの」

「たかざわ、きんもち？」

絵馬はくるくると記憶をたぐった。

「わかった、公望って珍しい名前で思い出したわ。きりっとしたマスクの英国紳士みたいな人でしょ。でも、ロッキード事件で失脚した田中角栄の派閥にいた人だから『冷や飯くらってる』とかなんとか、最近も週刊誌に書かれていたんじゃなかったっけ？」

「よく知ってるのね」

「近頃のお昼のワイドショーは芸能ニュースだけじゃなく、政治家のニュースも取り上げてるからね。で、その公望さんは政界で再浮上できそうなの」

「どうだか……田中角栄元首相の逮捕が昭和五十一年七月。まだ影響があるみたいと信彦くんが」

「くん？すごく、仲良しなのね」

意図的にはしゃいだ声で尋ねたものの、絵馬の心は波打っていた。

「中学一年の時に日曜学校で出会って、皆が『信彦くん』と呼んでいたものだから再会しても『信彦くん』なの。私は皆から『夢ちゃん』って呼ばれていたから、信彦くんも自然と『夢ちゃん』って」

夢子は高沢信彦と最初の出会いと再会した時の様子、信彦が寄宿舎のほうに連絡をくれて、それ以降穏やかな交際が始まったという話を絵馬に淡々と語った。どういう映画を見たか、どういう美術館に足を運んだか、どういうジャンルの小説家が好きか――

「あら、素敵」「まあ、面白いわねえ」

適当に相槌を入れながら、絵馬の胸の中では黒雲のような不快さが頂点に達していた。昔からそうなのだが、不満不快を感じた時の絵馬はキッと片方の眉を弓のように吊り上げる癖があった。事務所の社長から「傲慢そうに見えるから気をつけなさい」と、しょっちゅう注意されていた。しかし、今はプライベートな電話であって、周りに誰もいない。電話台の前に掛けてある銀縁フレームの鏡に映る自分を見ながら、思いっきり眉を吊り上げてみた。我ながら呆れるほど、きつい顔になっていた。

(たまには電話してみるものね)

ひょいと思いついて夢子に電話してみると、あのおとなしくて引っ込み思案の夢子に恋人が居て今からデートだという。猛烈に不愉快だった。

(許せない)

勝手な言い分と分かっていても、絵馬は腹立ちを抑えることが出来なかった。夢子なんかおとなしいだけが取り柄の、広島の田舎娘じゃないか。自分も元をただせば愛媛の田舎者ということはこの際、関係ない。何故ならば、私は日本の一介の女優ではない。世界が認めた「ｍｙｓｔｅｒｉｏｕｓ　Ｅｍｍａ　ｏｆ　ｍｙｓｔｅｒｉｏｕｓ　ｃｏｕｎｔｒｙ」なのだもの。絵馬は心の中で「あなたなんか、さっさと広島に戻りなさい」と毒づいた。

絵馬にとって愛の対象は自分だけだったから、恋する人間の気持ちが理解できなかった。絵馬の恋人になりたいと言い寄る男たちはトラックにはいて捨てるほどいた。彼らとは適当に付き合い、深入りしないうちにきれいに別れた。秘密を守れる、地位の高い相手でない限り、関係を持たなかった。関係を結んだからといって、恋心など爪の先ほども感じなかった。

絵馬が人の持つ温かい心、人に対する同情や良心を持たない人間性欠落者であることを石鎚山のふもとのお竹ばあさんは絵馬の生まれる前から霊視で見抜いていた。

人間性欠落者は、どんな残酷なことも平気でやってのける。お竹ばあさんはそれを感じとって、儀一に「神社にちなんだ名前を」と進言したのだ。儀一とて「召使い」発言から絵馬の性格に問題があると察して、早くからの絵馬の寄宿舎生活を決断した。長谷部も幼い頃から絵馬と暮らしてきて、絵馬の性格に偏りがあることはわかっていたはずだ。ただ、誠実な人柄の長谷部だったから久江との約束を守ってまごころで絵馬に接し続けた。それなのに、長谷部は死ななくてはならなかった。夾竹桃の樹液が原因かどうかはわからぬままに——

「信彦くんのお父様が高沢公望さんじゃなかったら、父にも言いやすいんだけど」

「そんなの、気にすることは無いわ。双方ともに分別ある大人なんだから、きちんと話したら理解してもらえるわよ、同じ党に属する議員じゃないの」

「つい最近もそれとなく母に高沢先生と鬼頭先生の関係を聞いてみたんだけど。まったく水と油なんだって。鬼頭先生より一回り以上も年下の高沢先生が『年功序列式では、いつがきても若手は伸びない』と面と向かって言ったことが原因だとか、『京大出身の鬼頭先生が、東大出身の高沢先生に嫉妬している』だとか、真相はわからないみたいだけど」

そこで、夢子は腕時計を見た。「絵馬ちゃん、ごめんなさい。私、約束の時間があるからこれで電話を切るわ。また、話を聞いてね」

なんだかんだと言いつつ、今から恋人に会いにいく楽しげな雰囲気が伝わってきた。絵馬は不愉快な気持ちを押さえて、

「いつでも聞かせてもらうわ。といっても、スケジュールについてはマネージャーに聞かないとわからないけど。とにかく、グッドラック。楽しんできてね」

と、軽快に答えた。

「有難う。あっ、つい忘れるところだった。信彦くんが『高輪女学院の政治学科は女子大の中でトップレベルと聞いてるから、自分たちの政治学科の有志たちと三田祭で一緒に何かイベント開催できたらなあ』って言ってたんだわ。信彦くんにしても今年が最後の三田祭になるから、大学四年間の総括みたいなものをしたいらしいの。絵馬ちゃんは休学中だけど、で

きたら政治学科のお友達に聞いてみてくれない？」

「慶応の大学祭は十一月だったわね。いいわよ、近いうちに時間を作るから信彦さんと一度会わせてお話しさせて。もしかしたら、力になれるかもしれないわ」

「そう言ってくれて、とても嬉しいわ。あ、ごめんなさい。ほんとに時間がないから、これで電話を切るわね。空いている時間を知らせてね」

自ら望んで芸能界入りして短期間でスターダムにのし上がったにもかかわらず、絵馬は夢子の弾む声に自分がとてつもなく大きな損をした気分に襲われた。

「了解。必ず知らせる」

電話を切ってからも、絵馬は身じろぎもせずその場にたたずんだままだった。

五分も立っていたろうか。やがて、絵馬は「そうするか」と独りごちた。それから、悪戯っ子のように目を輝かせ、鼻歌を歌いながら電話の場所から離れた。

※

「この前、銀座四丁目の和光の前で氷室絵馬を見たのよ。深く帽子をかぶってサングラスをしていたけど、オーラが半端ないからすぐにわかったわ。氷室絵馬をこの目でじかに見ることができて、超、超、超感激よ。衣替えの六月は来週からになるけれど、既に夏の格好をしていたわ。ウエストをキュッと絞って裾にかけてふわっと広がった白い半袖のペプラム・ワンピースでね、映画に出てくるプリンセスみたいだったわよ」

「氷室絵馬って、この学校の人よ。三年になった時に休学届けを出したんだって」

「私たちが三年にあがった時に復学してくれないかしら。同じクラスになって友達になれるかも」

「私たちが三年に進級した時に復学したとしても、学部が違うから同じクラスになれないわよ」

「そっか、彼女は法学部だっけね」

「彼女、一人で買い物に来ていたの？誰かと一緒だったの？」

「背の高い、格好いい若い男の人と一緒だったわ。慶応の学生っぽかった」

「なんで、慶大生と思うのよ」

「だって、銀座と言えば慶応でしょう。どう見ても早稲田マンじゃない、あれは慶応ボーイね」

「よく言うわ。青学の学生かもよ」

夢子が学食で仲良しのクラスメイト三人とサンドイッチをつまんでいる時、背中合わせに座る下級生数人の小鳥のような楽しげな会話が耳に入ってきた。

「今年入学した地方出身の一年生ね。私も最初、銀座や六本木を歩いていて芸能人を見た時はあんなふうに興奮してみんなに喋りまわったものだわ」

鹿児島出身の友がくすくす笑って言うと、福岡出身の友も、

「私も『お嫁さんにしたい女優ナンバーワン』に選ばれたこともあるNを六本木の美容院か

ら出てきたところを目撃した時は、水に打たれたように感動したものよ。テレビで見ても美人だけど、実物はそれ以上。あまりの美しさに足を止めて、ぼうっと見惚れてしまったわ。なんたって、顔がちっちゃいの。芸能人ってみんな、あんなに小顔《こがお》なのかしら」

「室生さんも小顔だったわね。彼女ものすごく売れてるから、このまま退学することにならないかしら。同期に入学した者として、卒業年は違ってもきっちり卒業だけはしてほしいわ。

高階さん、彼女から復学の時期を聞いてないの？」

名前を呼ばれ、夢子は我に返った。夢子は背後の会話の中での「背の高い、格好いい若い男の人と一緒だった。慶応の学生っぽかった」という言葉に気を取られていたのだった。

「あっ、いいえ。何も聞いていないわ」

夢子は口紅を直すふりをしてコンパクトをバッグから出すと、背後の一年生たちの様子を見てみた。喋っている子はこちらに背中を向けていて、その表情はわからなかった。

彼女たちの会話はまだ賑やかに続いていた。

「あなたったら、いつも銀座で格好いい若者を見たらすぐ『慶応ボーイ、慶応ボーイ』って騒ぐ人なんだから」

「悪い？」

「別に悪くはないけど、氷室絵馬と一緒にいた人が学生かどうかもわからないじゃないの」

「そりゃそうだけど、社会人には見えなかったわ。和光の正面じゃないほうの出入り口から出てきたんだけど、氷室絵馬に負けないくらいその男性もスマートで格好いいの。すらっとして、ベージュのざっくりしたプルオーバーがよく似合っていたわ。しかも、手に持った茶色のクラッチバッグのファスナーにつけた三センチくらいのクルミ色のファーポンポンが可愛いの。あの恰好よさとファーポンポンとのミスマッチが、たまらなく魅力的だったわ」

「あら、なあに。氷室絵馬よりその若い男の人のほうに興味を持ったわけ？」

「違うわよ、あんな恰好いい男性が小さいとはいえファーポンポンを付けているのが珍しいなあと思ったわけよ。しかも、クルミ色。あんな色、どこで売ってるのかしら」

「その人、きっと俳優なのよ。ファンからもらって付けてたんじゃないの？」

「雰囲気からして、芸能人みたいには見えなかったんだけどな」

「これから売り出す予定の人で、撮影の合い間にボディガードとして氷室絵馬が買い物につき合わせたのかもしれない。きっとそうよ」

「そうかなあ」

「そうよ。それより、帰りにジーンズを買いにいきたいから一緒にパルコに行ってよ。真夏でも涼しいジーンズが発売されたんだって」

「いいわよ」

会話は賑やかに続いていたが、夢子はもう聞いてなかった。「クルミ色のファーポンポン」、信彦に間違いなかった。

※

二週間ほど前になる。信彦と二人、大勢の若者でにぎわう原宿通りを歩いている時に洒落た雑貨店の店頭に吊るされた竹籠の中にキーホルダーや手鏡と混じってクルミ色と薄ピンク色がセットになったファーポンポンを見つけた。

「可愛いね」

手に取って見ていたら、どう見ても十代にしか見えないお下げ髪のそばかすだらけの愛らしい女店員が笑顔で近寄って来て、

「ブルガリアから届いたばかりのポンポンチャームです。バッグとか財布に付けていたら、幸せを招きます。二人が一個ずつ持つと、恋愛成就の御守りにもなりますよ」

と勧めた。

「恋愛成就の？」

「はい、私も体感しています。この色の組み合わせはめったに入ってこないから、マニアの間でとても人気があるんです。今朝十個入荷したと思ったらすぐ売れて、これだけになりました」

女店員は竹籠から取り出すと、二つのポンポンを結んでいた紅白の紐をほどいた。

「どうぞ」

買うのが当然とばかりに、彼女はクルミ色を信彦に、薄ピンクのほうを夢子に手渡した。

「恋愛成就、間違いないです。財布とかカバンとか、日常持ち歩く品に付けてくださいね」

「親切なこの店員さんの顔を立てて、どうしても買わないわけにはいかないなあ」

「私、ここの娘だから勝手に値引きしても怒られないんです。本当は六百二十円ですが、お

似合いのカップルさんだから五百円ジャストにします」

「そんなことをしていたら赤字にならない？」

「いいんです、どこかで赤字の埋め合わせしちゃいますから」

「参ったなあ」

信彦は笑いながら愛用のクラッチバッグから財布を取り出すと、五百円玉を彼女の手のひらに乗せた。

「有難うございました。きっといいことになりますよ」

「このクラッチと同系色だから、僕はバッグに付けよう。どこに行くにもこのバッグがお気に入りで、持ち歩いているんだ」

信彦は、その場で自分のバッグのファスナー引き手の丸い輪っかに取り付けた。

「私はお財布に付けるわ。バッグは学校とお買い物とで変えたりするけど、お財布は一つだから」

夢子もショルダーバッグから取り出した財布の引き手の輪に紐を通すと、再び財布をバッグにしまった。

「楽しい一日を。また来てくださいね」

可愛い女店員に手を振って、はずんだ気持ちで原宿の街を歩きまわったものだった。

※

（まさか、絵馬ちゃんと信彦くんが）

夢子の胸中にむくむくと暗雲が立ち込めた。

八月も終わる頃――

『氷室絵馬、初スキャンダル。ホテルで密会。お相手は慶応ボーイ、高沢クン。なんと、父は絵馬の義母の伯父鬼頭岩次郎代議士と「犬猿の仲」の高沢公望代議士。これは、まさしく政界のロミオとジュリエット』

揶揄《やゆ》された文章とともに日比谷Pホテルの客室ドア前で抱き合っているように見える絵馬と高沢信彦のスクープ写真が、写真週刊誌にでかでかと載った。

十一、誤算

高沢信彦にとって、このところの一連の騒ぎは悪夢としか言いようがなかった。

(自分はまるで悪夢のるつぼに居るようだ)

家を一歩で出るとカメラマンが待ち構えていて、遠慮会釈なくフラッシュを焚いた。

「氷室絵馬さんとはいつからの交際ですか。結婚を前提にした交際なのですか」「絵馬さんの義理のお母さんの伯父にあたる鬼頭代議士は、高沢代議士とは党内で一、二を争う実力者。しかも、二人は拮抗した力関係にあり、だいぶ以前から犬猿の仲と言われています。こうした背景は、お二人の交際に何らか影響はないのですか」「写真報道以来、絵馬さんと会って将来の話をされましたか」云云かんぬん――彼らは怒涛《どとう》のように押しかけて、際限なく同じ質問を繰り返した。しかも、授業が終わって廊下に一歩出たところをパシャパシャ撮られた上に、「ハンサムボーイもすっかりやつれ顔」などとキャプションを付けられて女性週刊誌にも取り上げられる有り様だった。大学に迷惑がかかると思うと、信彦は登校も控えるようになった。

それだけではない。週刊誌記者は議員会館に父を訪ねて「犬猿の仲といわれている人の身内でも交際を許しますか」と問い、買い物に行く母を門前でつかまえて「息子さんと氷室絵馬さんとの仲を容認しますか」と食い下がり、あろうことか兄の関与している病院敷地内で待ち伏せして「お兄さんとしてのご意見を、是非とも聞かせてください」とマイクを突き付ける始末だった。

個人情報保護法もなかった時代、「無法者が跳梁跋扈《ちょうりょうばっこ》している」と言っても過言ではないほど常軌を逸した取材の仕方に母親はついに寝込んでしまった。

「お前に向けられている世間のバッシングも、自らが生じさせたことじゃないか。身から出たサビと反省して、自己責任で対処しなさい」

父は突き放し、兄も「患者が迷惑するから週刊誌の記者たちを病院に来させるな。自分がまいた種だから自分が刈り取れ。それだけだ」と、クールに言い放った。

信彦が最も困ったことは、夢子と全く連絡がつかなくなったことだ。寄宿舎に電話しても名乗った途端、これまで感じのよかった舎監なのに急に人が変わったように冷たい声で「高階さんはご不在です」と言って電話を切った。電話帳で高階代議士の事務所を調べたら住所はすぐにわかったものの、父と不仲がわかっていて事務所に夢子宛の手紙を出す勇気はさすがに信彦にはなかった。もはや、寄宿舎宛に手紙を出すしか夢子への連絡方法はないのだった。

『確かに僕は軽率だった。だけど、あの日は出会った時からお酒を勧められて何が何だかわからぬまま気が付いたら上階の客室に居たんだ。これまで都心のホテルの喫茶室で会ってイベントの話し合いをしたが、絵馬さんと客室まで上がったのはあの時が最初のことだったんだ。神に誓って本当だよ。ふがいないことに、どういうふうにして上階に行ったかすら覚えていない。五分でもいい、会って話を聞いてほしい』

寄宿舎の住所宛に何通もこうした手紙を出したものの、梨のつぶてだった。

(開封されず、捨てられているのだろう。僕を恥知らずと軽蔑しているに違いない)

夢子の受けた衝撃を思うと、キリキリ心が痛んだ。映画を見たりクラシックのコンサートに行ったり、ただ延々と腕を組んで公園を歩いたり……それだけの交際にとどまっていたが、それで自分も夢子も充分に幸せだった。互いの父親の関係はよくわかっていたし、周囲が猛反対するのは目に見えていた。

「まずは大学を卒業して、就職してからの話だ。親のすねをかじりながら結婚話なんて、とてもじゃないが切り出せないからなあ」

「ええ、慌てることはないわ。私は大学を卒業したらひとまず広島に戻らされると思うけれど、まずは母から説得してみる。母ならきっと応援してくれると思う」

「ゆっくり足元を固めていこう」

指切りげんまんして、二人の明るい将来を約束した。

（記憶にない空白の時間、どう説明できるんだろう）

孤立した中、信彦は自分がどうしたら夢子の心の傷を癒せるのか、それぱかり考え続けた。

※

夢子の紹介で信彦が高輪女学院の裏手にある民芸風喫茶店で絵馬と初めて会ったのは、三月になって桜が開きかけた頃だった。

「高輪女学院の政治学科と慶応政治学科とで何かイベントを――と考えているそうですね？」

挨拶もそこそこに、絵馬は身を乗り出すようにして尋ねた。

「具体的に、どういった内容のイベントですか」

「まだ今のところ、具体的には考えてはいないんです。ただ、僕も来春には卒業しますから、最後の三田祭で高輪女学院との合同企画で華やかに有終の美を飾れたらと。勝手な考えで申し訳ないのですが……」

「申し訳ないだなんて、そんなことはありませんわ。私は三年から休学中の身ですけど、夢子ちゃんから聞いてすぐにクラスメイトの一人に電話して皆さんの意見を聞いてもらったんです。そうしたら、その日のうちに『賛同者多数。話を進めてくれてオーケーよ』と了解の電話がきましてね」

さらっと言ってのけたが、完全なる絵馬の嘘だった。クラスメイトの電話番号控えなど、とっくにどこかに捨てていた。

「そんなに早く話が動き出すなんて、氷室いや、室生さんのおかげです。有難うございます」

「どういたしまして。電話するくらいのことはたやすいことですから」

絵馬はふんわりした笑みを口元に浮かべて、小さな丸テーブルをはさんで座る信彦をそれとなく観察した。

（いかにも育ちの好さそうな人だこと）

夢子は信彦寄りに座るのを控えて、絵馬のほうに椅子を寄せて座っていた。交際しているといっても正式に婚約してない以上、信彦の横に座るより中学以来の親友のほうに近く座るべきという夢子なりの配慮だった。年は若いが、夢子とはそうした気配りのできる女性だった。

似合いのカップルだと認めざるを得なかったものの、絵馬にしてみたら苦々しい限りだった。中学一年から今日まで夢子と接してきた絵馬としては、心根の優しい夢子を決して嫌いではない。しかし、夢子が自分より幸せ色に染まっているのを見るのは我慢ならなかった。

（今に見ていなさい）

不快な気持ちはおくびにも出さず、絵馬は終始ふんわり柔らかな笑顔を絶やさなかった。

「冗談半分で夢子さんに話したことがこうやって現実的に始動することになって、感無量です。僕もすぐ仲間に伝えます。皆、飛び上がって喜ぶことでしょう」

ＣＭ撮影の合い間に抜けて来たという絵馬は、東京生まれ東京育ちの信彦の目にもこの世の人と思えないほど神々しく写った。

この喫茶店は昔から高輪女学院の学生たちのたまり場になっていて、この日も数人ずつが三々五々散らばって座っていた。しつけのできた彼女たちだったから入ってきた素敵な女性が氷室絵馬と気付いてもキャーキャー騒ぐことはなかったが、ちらちらと絵馬のほうに憧憬の視線を送るのは止められない様子だった。

（スターとはこういうものか）

現代のかぐや姫とでも言うべきか、絵馬の全身から光が放たれているようだった。信彦はかすかに感嘆のため息をもらした。

光沢のある薄紅のドレスは裾に同色の薔薇《ばら》の刺繍がほどこされ、まるで妖精のようだった。それでも、絵馬の横で静かに両手を膝で組んで微笑んでいるシンプルな薄緑色のワンピース姿の夢子のほうが信彦には何倍も好感が持てた。とどのつまり、絵馬の豪華さが夢子の可憐さを一層引き立てる形になっていた。絵馬の栗色に染められたウルフカットと呼ばれる派手な髪型はよく似合っていたし、燃えさかる炎のような色のルージュも色白の顔に合ってとても綺麗だった。それでも、やはりパーマっけも化粧っけもない日本人形のような夢子のほうへと、信彦の視線は自然と向いてしまうのだった。

信彦の視線の動きをみながら、絵馬は彼が本気で夢子を好きなのだと悟った。

(必ず、高沢信彦を夢子ちゃんから取り上げてやる)

腹は完全に決まった——絵馬はあでやかに笑ってみせた。

「女学院のみんなも楽しみにしてるみたい」

信彦は姿勢を正すと、改めて礼を言った。

「迅速に動いてくれたこと、心より感謝します」

「お礼なんていいのよ。私も期間中、ちょこっと顔を出させてもらおうかしら」

「それは凄いな。室生さんが夢ちゃんの親友で居てくれてよかった。もし本当に来てくれることになれば、今年の三田祭にはマスコミ各社が群れをなして押し寄せることでしょう」

大学祭として早稲田祭と並んで有名なのが三田祭である。例年十一月二十三日から四日間、港区三田にある慶応大学三田キャンパスで大々的に開催されていた。信彦は絵馬とじかに会って話した内容を所属ゼミの仲間たちに早く伝えたいと思った。どんなに驚き、そして大喜びすることだろう——

「とりあえず今日こうして顔合わせが済んだことだし、急ぐから私はこれで失礼させてもらいますね」

「まだものの十分と経っていないわ。いくら何でも、そんなにばたばたしなくとも……」

残念そうに引き止める夢子に、絵馬は、

「仕事があるの。仕事に穴はあけられないでしょ」

と首をすくめてから、さりげなく信彦に電話番号を聞いた。

「こちらから連絡させていただくから、あなたの連絡先を教えておいてくださる？三田祭までに何回かは打ち合わせをしないといけないでしょう。つどつど夢子ちゃんを通していたら、勉強の妨げになってもいけないでしょうから」

「私のほうは心配しないでいいのよ」

「直接連絡させてもらうと言っても、このイベントに関することだけよ。心配しないで」

「絵馬ちゃんたら、私は心配なんてちっとも」

「いいですよ。僕の家の番号は」

信彦は二人の会話に割り込んで、飲んでいたアイスコーヒーに敷かれていたコースターの裏に自宅番号をサラサラと書いて渡した。


この日から一週間ほどして絵馬から連絡が来て、信彦は彼女の指定する新橋にあるシティホテルFのラウンジで会った。もちろん、昼間のことだ。

「ここはグラビア撮影でよく使うから、どのホテルマンとも顔なじみなのよ」

信彦より十分ほど遅れてやって来た絵馬はシャネルと一目でわかる洒落たスーツにサングラスという装いで、いかにもさまになっていた。

「お待たせしてごめんなさいね」

絵馬は椅子に座るなり、サングラスをカチューシャ代わりに頭の上にずり上げた。いかにも、女優らしい仕草だった。

イベントについて信彦が語る内容をこれまた大きなシャネルのロゴマークの付いた黒いショルダーバッグから取り出した手帳にふんふんとメモしていく絵馬だったが、彼が一回でいいから自分の仲間と会って直接話してほしいという要望には顔を曇らせた。

「女優ということで見物に来られるの、私はいやなの。見世物みたいでしょ」

「見世物だなんて、そんなことはありませんよ」

「私が伝達役をするから、話がいよいよ大詰めといったときに双方で会うようにしたらいいでしょう。その段階までやり遂げたら、後は信彦さんに任せて私は引っこむわ」

「それでいいのですか?」

「たまには、私が黒子の役をしてみてもいいでしょ」

イベントについての話は、時間的には十五分ほどで終了した。その後は雑談になったが、絵馬の話は実に愉快で楽しかった。絵馬が築いてきた人脈は幅広く、芸能界にとどまらなかった。政財界の重鎮といわれる人たちの名前がふんだんに会話にのぼるので、信彦は目を丸くした。

「すごいですね。偉い方ばかりだ」

「月刊誌で『絵馬の扉』という対談コーナーを持たせてもらっているからよ。あれももう一年になるわね」

と、絵馬は優雅に微笑んだ。「婦人雑誌から対談コーナーを引き受けてくれないかと打診されて、私に出来るかなと不安でいったんは断ったのだけど、『ぜひ』と言われてしぶしぶ受けたの。だけど、こうしていろいろな世界の人と知り合いになれたから、今では引き受けてよかったと思っているわ」

「絵馬さんがスターだから、そういう場を持たせてもらえたのですよ。普通では考えられないですよね」

「いいえ、すべて事務所の力。事務所が私の売り込みに力を入れてくれているからだわ。有難いことと、とても感謝しているの」

絵馬は謙遜《けんそん》してみせたが、実際は事務所社長に、

「テレビ朝日でやっている『徹子の部屋』みたいに、私が各界の人と会えるようにしてちょうだい。番組が持てないなら雑誌対談という形でもいいわ。芸能界以外の人脈を広げたいの」

と、しつこく迫った結果だった。

(この私が漫然と時を過ごしたりするものか)

巨大な複合企業体のトップに立つことが、私の最終目標だ。その目標に向かって、私は人脈の幅を広げたい――

超多忙な絵馬だったが時間を作って四月に二回、五月に一回、六月は二回とFホテルに信彦を呼び出した。いつ会っても、信彦は紳士的な態度だった。わざと夜間に呼び出そうとし

てみても、

「お疲れでしょうから、ゆっくり休息してください。三田祭までまだ時間がありますから」と、丁重に断ってきた。そんな信彦に、絵馬は苛立ちを覚えずにはいられなかった。

(清潔感漂う信彦は、いかにも夢子にとって似合いの男性だ)

だからこそ壊してやりたい。きっと壊してやる。


七月になって、絵馬は戦術を変えることにした。待ち合わせの場所を陽光差し込む新橋のホテルをやめて、歴史的なヨーロピアン・スタイルホテルを真似たクラシカルな雰囲気の日比谷Pホテルのラウンジへと変更した。ここは日没時刻をめどに、カクテル・バーへと移行するので知られていた。白いレースのカーテンは引き上げられて、代わりに濃緑色のベルベッドのそれに変わる。照明が落とされ、各テーブルにはキャンドルが配られ、フロアの片隅では客の会話の邪魔にならない程度の音量でハープの演奏が始まる。そう、大人向けのシックな空間へと変容するわけだ。絵馬はその雰囲気を利用しようと考えた。

「仕事が忙しくて、日暮れてからじゃないと時間が取れないの。悪いのだけど、取材を受けている場所に近い日比谷Pホテルまで来てくれるかしら。ご無理言うけど、お願いね」

こんなふうに暗くなって呼び出されることが多くなったが「三田祭での打ち合わせ」と言われると、信彦もむげに断れなかった。

「チラシに『企画・氷室絵馬』と刷り込めば、今度の三田祭の主役は俺たちだぜ」

仲間たちからも、多大な期待が寄せられていた。

※

「朝から休みなしのスケジュールで疲れちゃったわ。マネージャーにここまで送ってもらう車の中でも寝てしまっていたほどよ。さて、どのカクテルにしようかしら——信彦さんは何がいい？」

「僕の家の者はお酒をたしなまないので、どこに行ってもペリエなんですよ」

「あらまあ、どこに行っても炭酸水なの。お父様もそう？」

「さすがに乾杯のときは出されたものを口にしているようですが、自ら希望して飲酒することはないみたいです」

「お堅いのね」

「堅いのでなくて、家族全員が体質的にお酒を受け付けないみたいなんですよ。母はもちろん、兄もビール一杯で顔を真っ赤にしていますから」

「信彦さんもそう？」

「さあ、どうでしょう。父たちを見ているから、好んでお酒を口にしたいと思ったことなんて一度もないんですよ。第一、つい最近まで未成年だったわけですから」

「じゃあ、まずは甘口のミモザを試してみて。私、このカクテルが大好きなのよ」

絵馬はミモザを二つオーダーし、一つを信彦に勧めた。黄色い花をつけるミモザに色が似ているということで名付けられたこのカクテルはフルート型のシャンパングラスにオレンジジュースとシャンパンを同量いれて軽くステアしたもので、甘くて口当たりがよかった。

「すっきりしますね」

「そうでしょ。二杯目は何がいいかしら。私はダイキリも好きなのよ。それも、フローズン・ダイキリね」

「あのう……カクテルもいいんですが、先にイベントの話を」

「無粋なことを言わないで。イベントについては、こっちは着々と進んでいるわ。十九世紀後半の中近東史の大家と言われている山城《やましろ》進一郎《しんいちろう》教授にもパネル参加してくれるように、話を持っていってるの」

「山城教授といえば、クイズ番組に出演して珍解答を連発するので最近めきめき人気が出ている面白い先生ですよね。大家なのに、ひょうひょうとした風貌が実に素晴らしいです。僕も一度お会いしたいなあと思っていました。パネルだけでも参加してくれたら箔が付きますが、そう簡単にいく話でしょうか」

「我が高輪女学院きっての才女といわれる人が掛け合っている最中だから、望みはあると思うわ」

「出てきてくれたら嬉しいなあ……みんな、大感激しますよ」

信彦は少年のように瞳を輝かせた。「すごいなあ、是非とも来てほしいなあ」

「先走って皆さんに話さないでね。正式に決まってから話すようにしないと、ぬか喜びになったらいけないでしょ」

「もちろんです」

山城教授に打診している話など絵馬の作り話だったが、自分がちゃんと橋渡しの役をしていることをアピールするために平然と名前を出した。

(自分にとって吉となるなら、嘘をつくことは少しも悪いことじゃないわ)

絵馬は芸能界の裏話を身振り手振りで面白おかしく話しながら、珍しい名前のカクテルをどんどん勧めて信彦がどれくらいの酒量で酩酊状態になるかを観察した。


写真週刊誌に写真を撮られた日――いつものように、バーに変容した日比谷Pホテルのラウンジで信彦は絵馬と待ち合わせた。日没時間をだいぶ回っていたが、このところ毎度のことになっていたせいで信彦としてもとりたてて警戒心を持たなかった。


「このプランでこっちは進めたいんだけど、どうかしらね」

適当に作成した『高輪女学院側の三つのプラン』と記したA4用紙三枚を信彦に渡してから、絵馬は「ウォッカをベースにした私の特性カクテルを試してみて」と勧めた。

「ウォッカですか」

信彦は困惑した表情になった。お酒に知識のない信彦でさえ、ビールのアルコール度数が5とか6であるのに対して、ウォッカのアルコール度数がビールの七、八倍くらいある強い酒ということくらいのことはわかっていた。

「ウォッカって充分に冷やしてさえいたらとろみが付いて、ストレートで飲んでもまろやかな味よ。ウォッカを使ったカクテルだと『スクリュードライバー』とか『ソルティドッグ』がよく知られているけど、これは私が疲れた時の疲労回復薬として私自身が考案したものなの。名付けて『エマスペシャル』。さあて、ウォッカと何を合わせているでしょう」

絵馬は蠱惑的《こわくてき》に微笑んで、カウンター向こうのバーテンダーに「エマスペシャルをお願いね」とオーダーした。

実はこの前日にマネージャーと来て「私が『エマスペシャルを』と言ったら、澄まして『カミカゼ』を出してね。みごとカミカゼと当てるかどうか、試したい人がいるの」と頼んでいた。カミカゼはウォッカにホワイトキュラソー、ライムジュースをいれたカクテルで、度数はビールの五倍ほどになる。

「そんな強いカクテルで、誰を試したいんですか」

事務所社長から絵馬のお目付け役を命じられている中年マネージャーは渋い顔になった。

「知ったかぶりする子をちょっと懲らしめたいだけよ」

「ふざけるのもいい加減にしないと。写真週刊誌がどこから狙っているかわからないご時世ですよ」

「わかってるわよ」

絵馬は悪戯《いたずら》っ子のように、ちょろっと舌を出してみせた。

「さあ、飲んでみて。当てたら百万円――なんちゃってそれは嘘。ズバリ当てたら、ほっぺにキスを一つ贈らせて。これくらいなら夢子ちゃんも怒らないでしょう」

「いやだなあ。怒るも怒らないも、僕が当てるはずがないですよ」

「わからないわよ。意外と当てたりして」

この時の絵馬はきれいな富士額が出るような完全な引きつめ髪にしていて、首の細さが際立っていた。しかも、ドレープのきいたエレガントなペールグリーンのタイトなドレスが年齢以上に大人っぽくて、信彦は目がくらむようだった。

「ヒントを言うと、レイモンド・チャンドラーの小説『長いお別れ』に出てくるギムレットというカクテルに入っているのと同じものを使っています。さあ、何でしょう」

「チャンドラーがアメリカの推理小説家ということは知っているけれど、作品は読んだことがないから皆目、わかりませんよ」

「そんなに早くギブアップしないで。当てるまでチャレンジしてみて」

絵馬は信彦のグラスが空になるたび「リフィル」と繰り返し、おかわりを追加した。

※

やがて――気が付いたら、信彦はベッドの中にいた。

「ここは？」

自分がどこにいるのかさえ、わからなかった。豪華な調度品に囲まれた優雅なリネンシーツのベッドの中、自分がブリーフ一つという見苦しい格好をしていることに仰天した。

「やっと目が覚めた？」

信彦が目覚めるより先に絵馬は目を覚ましていたようで、淡水色のランジェリー姿の絵馬がベッド脇のソファに腰掛けてコップいっぱいの水を飲んでいたところだった。

「今、何時ですか」

分厚い濃緑色のカーテンのせいで外界がさえぎられていて、時間がわからなかった。

「朝の五時ちょっと前。信彦さんもミネラルウォーター、いかが？冷蔵庫から取ってくるわ」

「お水はいいです。ここは一体、どこなんですか」

慌てて起き上がろうとして自分の着ていた服を探そうと視線を巡らせると、絵馬の座るソファと反対側のベッドサイドの足元にシャツもズボンも靴下、兄からのおさがりのオメガの腕時計、愛用のクラッチバッグまでも散らばっているではないか。夢子と一緒に買ったクルミ色のファーポンポンを見た瞬間、信彦は夢子を思って泣きそうになった。

『『ここはどこ』だなんて、よく言うわ。酔っぱらった信彦さんが『上の客室を予約しましょう』と言って、自分でフロントに鍵を取りに走ったくせに」

会った時はきれいに結い上げていた髪が肩まで覆うように広がっている絵馬に向かって「何がありましたか」と間抜けなことを聞くわけにもいかず、

「失礼します」

と、慌てて衣服を身につけた信彦は逃げるように部屋を出た。しかし、廊下を数歩歩いたところで、気のよい彼は「ここの支払いはどうしたらいいんですか」と聞くために引き返した。

「私がなんとかするわ」

ランジェリー姿のままドアの前まで出てきた絵馬がドア脇のルームサービスのワゴンの角で転びそうになったのを瞬間的に支えた時、パチッという音を聞いた（気がした）。

ワゴンには白いリネンの布がかかっていたから何を頼んだのか不明だったし、果たして自分が絵馬と一緒に口にしたかどうかさえわからなかった。


ホテルを出たところで、落ち着いて腕時計を見ると午前五時十五分になろうとしていた。

彼はタクシーを使って世田谷の自宅に戻ると、裏玄関からソッと自分の部屋に入った。

「いつ、帰ったの。私、午前一時までは起きて待っていたのよ」

兄は独立してとっくに家を出ていたし、父も視察旅行で日本を離れていたのは幸いだった。

朝食時に暢気な顔で尋ねる母親に、

「一時半だよ」

と、信彦は初めて親に嘘をついた。


そして、あの写真週刊誌発売――

（記者が張り込んでいたとは夢にも思わなかった）

絵馬もパチッとした音を聞いていた。あの時に撮られたのだ。別れを惜しんで抱き合っているような写真、どこに潜んでいてどんな望遠カメラを使ったものやら、さすがの絵馬にも見当がつかなかった。

※

「写真週刊誌に気を付けろ」

社長からも口を酸っぱくして言われていたが、絵馬は自分が写真週刊誌にマークされているなどと夢にも思わなかったし気にしていなかった。それで、発売前日にマネージャーが血相変えて知らせた時も、「あらそう」と平然と笑ったものだ。写真週刊誌の記事など、たいしたことはないとタカをくくっていた。

絵馬がもくろんだ筋書きは、信彦を自分の虜《とりこ》にしておいて「夢子ちゃんを思えば、あなたと一緒にはなれないわ」と袖にするという筋書きだった。信彦が自分への未練を見せたところで、ジ・エンド。しかし、写真週刊誌のスクープ写真で狂いが生じた。かと言って、それで落ち込む絵馬ではなかった。

(週刊誌の記事など、簡単にひねりつぶせるわ)

絵馬は身勝手にも、いざとなれば萩子の伯父に頼んで押さえてもらおうと考えていた。実際のところ、信彦との間に何も起こってはいなかった。信彦は正体なく酔っぱらっていたし、部屋に連れ込んで服を脱がせてダブルベッドにごろんと寝かせただけ。自分はルームサービスでサンドイッチとコーヒーとオレンジジュースを頼み、食べ終わってからシャワーを浴びて化粧を落とし洗髪してから、長椅子で仮眠しただけのこと。
（写真週刊誌は想定外だったけれど、信彦と関係を持ったように夢子ちゃんに思わせること
は成功したわね）
絵馬は夢子の顔が見たかった。夢子の泣きっ面を、だ。

朝から所属事務所につめかける週刊誌記者、鳴りやまない電話に社長は激怒した。

「連絡がつかないということにしておくから、しばらく外出を控えろ」

「わかった、静かにしているわ」

殊勝に答えたものの、その日のうちにショートヘアのかつらと野暮ったい黒縁の丸メガネで変装した絵馬はマンションスタッフの制服とよく似た紺の地味なスーツを着て「スタッフオンリー」と書かれた従業員出入り口から外に出た。寄宿舎に夢子を訪ねて、泣きの涙で釈明するつもりだった。

「信彦さんがじゃんじゃんお酒を勧めるから、つい……気が付いたらあんなところに居たの。何が何やらわからないまま、夜明けがきて」

ここで大泣きして、ひと芝居打ってやろうじゃないか。芝居をするのが女優の仕事。世間知らずな夢子なんて、簡単に丸め込めるわ――

ところが、様子はまるっきり違っていた。タクシーで乗り付けた寄宿舎の舎監はいつもなら満面の笑みで応対してくれるところを苦虫を噛みつぶしたような顔で、

「高階さんは広島のご実家に戻りました。しばらく、大学を休むそうです」

と、告げた。あららと思って帰宅すると、電話が鳴り響いていた。社長とマネージャーと夢子、そして今治の儀一と萩子にしか教えてない番号だったから、絵馬は夢子からの電話に違いないと思って急いで受話器を取った。そして、相手の声を確かめる前に、

「ごめんね」

開口一番、謝った。しかし、電話の向こうは夢子ではなく、儀一だった。

「何が『ごめん』だ。とんでもない事態を引き起こして、どうするつもりじゃや。今朝、高階さんの奥さんから電話があった。あの写真に撮られた若者は夢子ちゃんの恋人だそうじゃないか。『夢子から打ち明けられて、主人には時機を見て私から話してみるつもりでいたんです。一体、夢子は遊ばれていたのでしょうか』と、おろおろして泣いておられたぞ」

怒りに震える声で儀一はそこまで一気に言った。

「私の言い分も聞いて」

口をはさみかけた絵馬に、儀一は怒鳴りつけた。

「今治市にも愛媛県にもしばらく足を向けてくれるな。わかったな」

絵馬が返事する間も与えず、電話は一方的に切られた。母を幼い頃に亡くした絵馬は、女の子というものは父親に話しにくいことでも母親には真っ先に相談するという実態がわかっていなかった。

（そうか、母親にだけは高沢信彦のことを話していたのか）

ツーツーという音が虚しく響く受話器を胸に押しあてて、絵馬は呆然と立ち尽くすのみだった。

二つ目の誤算は、萩子の伯父鬼頭岩次郎と高沢信彦の父高沢公望が長年に渡って権力闘争を繰り返してきた事態を知ってはいたものの、彼らの間に横たわる溝の深さを甘く見ていた点だ。

記事が出た日、すぐに高階十郎は鬼頭に呼びつけられた。

「絵馬という室生儀一の娘が高沢のせがれと出来ていたとは、何ということだ。絵馬を勘当しなければ、わしは今後いっさい室生造船のバックアップをやめる。どの銀行にも圧力をかけて、室生造船に対する資金融通をストップさせるからな。わしは本気だ。そのように、君の盟友に言うんだな」

まさに「怒髪、天をつく」といった形相に、高階は縮み上がった。そして、萩子のほうにも激昂《げっこう》した伯父からすぐに電話が掛かった。

「低俗な週刊誌なんかに振り回されるなんて、どうぞ落ち着いてください」

萩子は怒り狂う伯父を必死でなだめた。

「撮られた写真が動かぬ証拠だ。お前の亭主に、すぐさま絵馬を勘当するように言え」

「そんなことは私の口から儀一さんに言えません。それに、戦後の日本に『勘当』なんてありません」

「勘当が今の法律で認められてないのは、わしも知っている。要するに、顔が少し綺麗なだけの頭のいかれた尻軽娘《しりがる》を室生家から遠ざけよということだ。いいか、わかったか」

「伯父さま、尻軽娘だなんてそんな下品な言葉を使うものではありませんわ。第一、絵馬ちゃんへの儀一さんの対応について他人が口をはさむことはできません」

信彦の父と伯父の間にどれほどの確執が横たわっているのか、萩子には見当がつかなかった。それでも、伯父の怒りが沸点に達していることは激しい口調から悟った。

（伯父とは表向きで、本当は私の父。私にいつも優しいこの人がこれだけ怒るのだから引くに引けない事情があるのだろう）

萩子は心を痛めたものの、

「伯父さまから電話があったことは、儀一さんに伝えます」

としか、答えようがなかった。

※

萩子が出生の秘密を知ったのは、小学生の頃だ。伯父の家は母の実家でもあったから、母に連れられてお盆やお正月以外にも祖父母の法事などで伯父の家にたびたび出掛けることが多かった。最初のうちは気付かなかったが、物心つくようになってから伯母の冷ややかな態度が何かと気にかかるようになった。母に告げると、母は柔和な口調で「義理の仲だから」と説明した。

「ぎり？」

「伯父さまは私のお兄さんだけど、伯母さまは伯父さまのお嫁さんだから『お姉さん』と呼んでいても血の繋がりがないお姉さんなのよ。大きくなるにつれて大人の世界は複雑ということがわかってくるでしょうけど、萩子はまだ子供なんだし大人の世界について考えることはないのよ」

「そうだよ。お父さんとお母さんと萩子の三人が仲良く幸せに暮らせたらそれでいいんだから」

父も母も、とても優しかった。

伯父の家には、萩子より一つ年上の光子という女の子がいた。光子は決して意地悪な性格ではなかったが萩子が家を訪ねた日は決まって母がヒステリーを起こして父と激しい口論になることで心を痛めて、萩子に真実を告げることにした。この時、萩子は小学五年生になっていた。

「私も本当のことを知ったのは去年よ。『萩子ちゃんが来た日はママの機嫌がものすごく悪くなるわ』とママのほうのおばあちゃんに言ったら、それは理由があるのと教えてくれたの。あなたはパパと芸者さんとのあいだに生まれた子。だから、あなたは従姉妹じゃなく、私の妹なのよ。私は萩子ちゃんのこと、嫌いじゃないわ。でも、妹と認めたらママが悲しむからこれからもずっと従姉妹としておくわ。パパの気持ちとしてはあなたを何かのたびに家に呼びたいんでしょうけど、それではママが可哀想。悪いけど、もううちに来ないでね」

萩子は泣きながら、母と信じてきた叔母に真実を確かめた。

「ママ思いの光子ちゃんがママのためと思って萩子に話したのでしょうから、光子ちゃんを恨まないようにしましょうね。大人になる前に知らされてとてもショックだとは思うけれど、戸籍を誰が見てもあなたは私たち夫婦の子よ。心配しないで。いつだって、私たちは萩子の盾になり傘になって萩子を守るわ。だから、誰のことも怨まないでいてね。本当のお母さんもそれを望んでいるのよ。あなたを私の手に渡す時、目に涙をいっぱい浮かべて『芸者の娘として育つより、こちらさまで育ててくれたほうが娘の為になります』と仰ったもの」

その上で、彼女は萩子に「会いたいか」と尋ねた。

「本当のお母さんは既に芸者のお仕事をやめて、山口県と広島県の境にある小さな町で幼なじみと結婚して今もご健在よ。住所はわかっているから、あなたが会いに行きたければ私が連れていく」

「私は会いたくない。会わない」

萩子は即答した。今さら会ってみたところで、どうなるというのだろう。悲しみより諦念のほうが強かった。しかも、自分が知ったことを「伯父さま」と呼んできた実父に知られたら、互いに滑らかに接することができなくなるだろう――中学生になってもいない萩子だったが、複雑な関係は理解できた。

「困ったことがあったらいつでも、この伯父さんに言うんだよ。萩子の納得いくように力になるからね」

実父は「伯父」の立場で、影になり日向《ひなた》になり萩子を見守ってきてくれた。彼が自分を深く気にかけてくれていることはわかっていたし、萩子のほうも心から敬愛していた。

　こういう事情の伯父だ。萩子としても、伯父の面子を考えないわけにはいかなかった。

「少しの期間だけでいいですから、絵馬ちゃんを室生家から遠ざけてください。こちらも絵馬ちゃんを罰したという形を取れば伯父の気持ちも少しは収まりましょうから、ほとぼりが冷めた頃を見計らって伯父に会ってとりなします」

　必死で、萩子は儀一に頼んだ。

「鬼頭先生が怒る気持ちもようわかる。わしとて、高階さんへ顔向けができんことをしでかした絵馬に腹を立てておる。だから、しばらくは絵馬を帰省させせない」

「申し訳ありません」

「謝らんでええ。高階さんの奥さんの話だと、二人は清らかに愛を育て始めていたところだったという。絵馬があんな真似をしなかったら、こんな騒動にはならなんだ。夢子ちゃんはあんなにいい子なのに、気の毒でならん」

　高沢信彦について社員たちから情報を聞いてみるに、坊ちゃん育ちの好青年というではないか。絵馬が愚かな行動をしなかったら、二人の愛はゆっくりと結実へと向かったに違いない。しかし、もう遅い。高階夢子の――おそらく、初恋だろう――恋は無理やり終わらされた。他人の娘ながら、夢子の気立ての良さをよく知っている儀一は心から可哀想に思った。

（夢子ちゃんの恋人とわかったから、高沢信彦にちょっかいを出したんだ）

　信彦がいかに格好よくても、夢子の恋人じゃなかったら相手にしてなかったろう。絵馬はそういう娘なのだ。

お竹ばあさんの言葉を思い出し、儀一は身震いしないではいられなかった。

十二、親　心

写真週刊誌の記事によって傷ついた夢子は広島に帰省して以来、ずっと家の中にこもったきりだった。

※

「室生さんのスキャンダル記事が出ているわ」

あの日――寄宿舎を出た途端、自宅通学者の一人が夢子の袖を引っ張って図書館に続く廊下の隅に呼び出すと駅の売店で買ってきた写真週刊誌を見せた。

写真を目にした途端、夢子はクラクラッとその場に倒れそうになった。寄宿舎に駆け戻って教材を置くと、ハンドバッグを片手に駅に向かって駆けた。山手線浜松町駅から羽田空港に向かうモノレールに飛び乗り、モノレールが動き始めてやっと息のつける気分になった。

（人は傷ついたとき、自然に故郷に足が向くものなんだわ）

傷心の心を抱えて涙に潤みがちな瞳をハンカチで押さえながら、夢子はしみじみ故郷《ふるさと》の有難さを感じた。どうして、あの二人があんな場所であのような場面が撮られたのか経緯がわからなかったが、普通の関係ではないことは瞬時にわかった。夢子の心は張り裂けそうだった。でも――と、夢子はうつろな気持ちで自分に言い聞かせた。

「気付かなかった私が悪いのだ、それだけのことだわ」

※

父親から足止めを食らった絵馬のほうは発売された写真週刊誌を見た夢子が即座に広島に戻ったと知るや、「私を信じて」とつづった手紙を速達便で送りつけた。

夢子ちゃん、私は大学祭の成功のためだけに動いたつもりなのよ。それなのに、相談の回数が増えるにつれ、あつかましくも信彦さんはホテルの喫茶室でなくバーで待ち合わせるように指示してきたの。ホテルのバーで信彦さんの勧める強いお酒を飲むようになったりして、お酒に強いと自惚れていた私が愚かだったわ。信彦さんは男だから、私の数倍もお酒に強かった。

あの日は気が付いたら、客室に連れ込まれていたのよ、あの時間に何が起きたか思い起こそうとしても、ぼんやりとしてよく思い出せないの。それだけ酔わされていたのよ。

自分の父親の長年の政敵と目される萩子さんの伯父である鬼頭岩次郎を失脚させるために、信彦さんは夢子ちゃんを通じて私への接近を図ったのよ。萩子さんは義理とはいえ、私の母。つまり、私は鬼頭岩次郎の親戚になるわけよ。私のスキャンダルは鬼頭代議士の失脚へ繋がると踏んでの行動だったに違いないわ。それを見抜けなかった私が大馬鹿だった。

でもね、へんな言い方になるけど夢子ちゃんが結婚してから彼の裏の顔に振り回されて離婚騒ぎになるよりよかったと思ってるわ。私の人気もこのことで急降下、芸能活動も自粛しないといけなくなったけど、夢子ちゃんの先の不幸を未然に防げたこと、これだけはよかったと思うの。中学生になったばかりの十二歳の時から、私は夢子ちゃんのことを実の姉妹のように愛してきたわ。私を信じて。

まことに虫のいい文面だったが、夢子は絵馬の手紙を幾度も読み返し、彼女の言い分を信じようと必死で心に言い聞かせた。本当は信彦にじかに会って説明を求めたかったが、父の苦渋に満ちた顔を見ているだけで胸が押しつぶされそうになった。母のほうも一言たりとも誰かを責める言葉を口から出さなかった。それが余計に夢子の心に重荷となって、ずしりと堪えた。

(父が大事、母が大事、そして、十二の時からの親友絵馬ちゃんが大事)

信彦さんのことはもういい。血を吐く思いで、夢子は信彦への恋心を断ち切ることを決意した。

夢子は、信彦が寄宿舎に送った手紙が次々と実家に転送されてきてもいっさい開封しないことにした。信彦への愛は簡単には消えず身を八つ裂きされるほどにつらいことだったが、涙をこらえて手紙を庭の片隅で焼却した。手紙だけでなく、横浜にある港の見える丘公園に行ったときの肩寄せあって撮った写真も焼き捨てた。財布に付けていたファーポンポンも捨てた。あんなに爽やかと思えた信彦さんは父である高階公望の手先だったのだ――と、無理やり思い込もうとした。

(室生のおじさまとお父さんが盟友と呼ばれる関係にあることは、周囲によく知られている。彼と絵馬ちゃんのあのような写真が週刊誌で全国にばらまかれたことで鬼頭先生から睨まれて、派閥内でのお父さんの立場はすっかり悪くなってしまった)

大事な父を窮地に追い込んでしまった私という人間は何という親不孝者だろう。悶々と悩み苦しんだ挙げ句、やっとの思いで傷ついた心にきっちり封印した夢子は絵馬に短いけれど深い愛情のこもった手紙を送った。

絵馬ちゃん、いろいろなことが遭ったけれど悪夢と思って早く忘れましょう。頭の上を暴風雨が過ぎていくまで、ひたすら耐えて待ちましょう。台風一過の後には心地よい晴天の日がくるものと信じて。

広島で少しのんびりして、元気になってから大学に戻ります。幸い、卒論もほぼ完成しているし、あとは製本して提出するだけ。心配しないでね。もっともっとたくさん書きたいことがあるような気もするけれど、これにて筆を止めます。

再会の日を楽しみにしています。体に気をつけてね。

夢子

じりじり待っていた夢子の返事が届いた瞬間、絵馬は「やった」と快哉を叫んだ。

(この手紙は記者会見の時、おおいに役立つ)

時機を見て釈明会見するようにと、事務所社長から強く言われていた。

※

儀一は、いつになっても絵馬の行動が理解できなかった。石鎚山ふもとのお竹ばあさんは「災いを避けるため、神社にちなんだ名前を付けなさい」と言ったが、災いは絵馬より周囲の人間——親友の夢子やその父、そして夢子の恋人信彦のほうにかかっているじゃないか。

(それとも、今から絵馬に災いが起きるのか)

そう思うと、居ても立っても居られない気持ちになった。絵馬は勝手気ままな跳ねっ返り娘だが、儀一にとってかけがえのない娘であることは間違いなかった。絵馬の身に災いなど微塵たりとも起きてほしくないと願うのは、親として当然のことだった。

「久江、絵馬が悪しき方向に進まないよう導いてやってくれ」

儀一は天を仰ぐと、久江に語りかけた。

「久江、久江。魂となって絵馬を守ってやってくれ」

人を泣かす真似をしていたらいずれ天罰を受けることになるんだぞ——と、絵馬に言ってやりたかった。しかし、言ったところで絵馬が変わることがないことも儀一にはよくわかっていた。

十三、狂　気

(この騒ぎ、すべて写真週刊誌の記者のせいよ)

やられっ放しで黙っておとなしく引き下がっている絵馬ではなかった。絵馬は夢子からの手紙が届いてすぐ、すっぱ抜いた写真週刊誌を発刊している出版社と出版部数を激しく競い合っているライバル社の記者を呼びつけた。この週刊誌に『氷室絵馬の苦悩』と大きく見出しのついた独占手記が発表されたのは、写真週刊誌報道から一か月後のことだった。

このたびはファンの皆様に多大なご迷惑とご心配をおかけしましたことを心よりお詫び申し上げます。

何を申しましても信じていただける人には信じていただけても、そうでない人には「言い訳がましい」と受け取られることを承知の上で「自分はお酒を大量に飲まされていたせいで、不覚にも記憶があいまいになってしまっている」ということを、声を大にして申し上げます。

あの写真の抱きついているかのように見える場面は「先に帰る」という高沢さんに「何があったの」と聞こうとしてお酒が残っていたために足元がふらついて転倒しかかったのを高沢さんに支えてもらったその一瞬を切り取ったものです。

中学以来の親友高階夢子さんから「交際している」と紹介された高沢信彦さんはスマートで格好よくて、慶応ボーイの典型のように思えました。しかし、彼は残念なことにそういう人ではなかった――夢子さんは私以上に世間知らずの純真な乙女です。そんな夢子さんを丸め込むことなど、高沢さんにとってはいともたやすいだったことでしょう。

彼は、彼の父高沢公望代議士と私の母の伯父鬼頭岩次郎代議士とが犬猿の仲であると承知の上で夢子さんを通じて私に近づきました。人を疑うことを知らない心清らかな夢子さんは政争の具に利用されるとは夢にも思わず、彼の「慶応と高輪女学院の政治学科の有志で、大学祭に向けて共同企画しませんか」という誘いを私に伝えてまいりました。自分が政治学科の学生であること、そして休学中の身ですが私も政治学科の学生ということを悪用したのです。

写真週刊誌を目にした夢子さんは傷心のまま今も広島のご自宅で静養しておられますが、「悪夢と思って忘れましょう」と、寛大なる手紙を私に寄越してくれました。

「我々高輪女学院で学ぶ人間は開学以来の歴史と伝統を胸に、どんな悪魔にも屈することはありません」――このことを高沢信彦さんならびにその背後にいる人に、声を大にして伝えたいと思います。

ご丁寧にも、発売された週刊誌には大きく夢子の手紙が拡大されてそっくりそのまま掲載されていた。絵馬の手記は、次の言葉で締めくくられていた。

私は芸能界を引退して大学に戻ります。私は政治学科の学生とはいえ、これまでは中近東の歴史・アメリカの歴史といった政治史を中心に勉強してまいりました。今後は、なりふり構わぬ権力欲に駆られたおぞましい政治家に利用されないように政治構造を中心に学ぶつもりです。

これまでのファンの皆様の温かいご声援に深くお礼申し上げます。　氷室絵馬

信彦側からいっさいの反論がなかったこと・夢子の手紙を公表したこと、この二点によって絵馬は立場を守ることができた。

信彦が反論しなかったのは、記憶の完全なる欠落のせいだった。ウォッカをベースにしたアルコール度の高いカクテルを絵馬に勧められるまま杯を重ねていたため、上階の客室ベッドで目が覚めるまでの時間が完全に空白になっていた。

（何があったのだろう）

考えてもわからなかった。わからない以上、信彦としては口をつぐむしかなかった。嘘を言ってまで保身する気はなかった。そして、信彦の父もまた誇り高い人物だった。どんなに困難に立たされた時も嘘で塗り固めて身を守ろうとするような、姑息な手はいっさい使わぬ

主義で今日までやって来た。

「息子が『泥酔していて当時の記憶が全くない』と言っている以上、氷室絵馬さんを無理やりホテルの上階に連れ込んだか否か私には判定できない。判定できぬ以上、息子を一方的に責めたりはしない。と同時に、真実がはっきりしない限りは絵馬さんやそのご家族に詫《わ》びを言うつもりもない。どうであれ、信彦が我が息子であることは間違いないことだから親の監督不行き届きと責められても致し方ないと思っている。次回の選挙で信を問いたい」

彼は広報を通じて、こうした談話を発表した。


信彦は大学に退学届けを出すと、年が改まらぬうちに友人を頼ってニューヨークに渡った。

「自分の酒量もわきまえず、調子に乗って飲み続けた自分が一番悪い」

彼は新天地で仕切りなおしの人生に賭けることを心に誓った。信彦の退学と渡米を人づてに聞いた時、儀一はああと呻いて天を仰いだ。

(絵馬の仕掛けた罠に巻き込まれることがなかったなら、父親の地盤を受け継いでよい政治家になれたに違いないのに)

儀一は会ったこともない今後も会うこともないであろう高沢信彦という若者に、ひたすら心の中で詫びた。

※

世間は絵馬に好意的だった。引退表明以降、彼女の突然の引退を惜しむ手紙が山のように事務所に届けられた。

　今日で引退という晩秋のある日、絵馬は化粧も服装もごく控えめにして会見に臨んだ。著名な映画監督から「クレオパトラの瞳」と形容された双眸から大粒の涙を流し、「私が軽率でした。皆様、どうぞ許してください」と深く頭を下げた。

「鬱々《うつうつ》としている間に時は流れ、秋も深まってしまいました。例の写真週刊誌報道は、ひとえに私の不徳の致すところです。それなのに、連日のように『頑張れ』という温かい声援のお便りを事務所に届けてくださったファンの皆様、有難うございます。私は静養先ですべてに目を通して感涙にむせんでおりました。こうした思い出を、今後の人生の心の支えと致します。そして、私をここまで育ててくださった事務所社長並びにスタッフ御一同さまに深く御礼申し上げたいと思います」

　絵馬の横に座る社長も、

「ただただ、残念でなりません。出会いから今日までが走馬灯のように頭をかすめます」

と神妙に語ったものの、引退に先立って出版した写真集『絵馬の軌跡』が売れに売れ、彼女のこれまでに出演したドラマや映画のビデオ注文が雪崩《なだれ》を打つように殺到していたので全く悔いはなかった。

（数年待って、復帰話を持ちかけることにしよう）

　今から頭の中で数字をはじいて、彼は腹の中でニンマリするのだった。

※

大学に戻った絵馬は地味な服装に徹して、日々まじめに授業に出るようにした。今後の展開上、古い頭で凝り固まっている教授たちの信頼を勝ち得ておかねばならなかった。

(さて、出入り禁止にされた問題を片付けねば)

絵馬は儀一の「今治市にも愛媛県にもしばらく足を向けてくれるな」という言葉は本意ではなく、萩子の伯父鬼頭岩次郎が言わせた言葉だと勝手に決めつけていた。

(室生家のことに、何で萩子が口を挟むことがあるんだ)

ええい、忌々《いまいま》しい。オイルショックの影響で室生造船が倒産の危機に見舞われた時、鬼頭の隠然たる力が作用して危機を回避できたことは事実かもしれないが、目立たぬにしても生まれついて片足の悪い姪を室生の家に迎えてやったじゃないか。それで充分だろうが——何だというんだ。

絵馬は、自分の立場がもっとひどい状態になりかけたのを萩子のとりなしで救われたことを知らなかった。そういうことひけらかすような萩子ではなかったからである。

「萩子が死んでしまえば、あの代議士との縁も切れるというものだわ」

ふと、口から出た。そうだ、そういうことか。どうしてこんなことに早く気付かなかったのだろう——

※

昭和五十七年を迎えた。

(休学していなかったなら卒業の年になったはずだけど、まあこれは仕方ないわ)

儀一の勘気《かんき》が解けないので今治市の実家にも帰れず、かといって顔が売れすぎているせいで外にも行けない絵馬のところに、正月二日になって萩子がやって来た。

「お父様には早くご機嫌を直すよう何かにつけて言っていますからね、もう少し待っていてね」

濃紺の紬にさび色の綴《つづ》れ帯の荻子を見て、絵馬はこの人はいつ会っても着物だわね――と今さらのようにじろじろ眺めた。

「お太鼓の帯が邪魔になって、横になりにくいでしょうに」

「四六時中、四季を通じて着物の生活だから気にならないわ。さあ、着替えて明治神宮にでもお参りしましょうか。絵馬ちゃんにと思って、私の若い頃の着物一式や草履や足袋、帯揚げ帯締めなどスーツケースに詰め込んで持ってきたの」

「あら、それであんな大きいスーツケースなの。一週間くらいの海外旅行に行けそうなサイズだから、びっくりしたわ。でも、萩子さんのお着物いただけるなんて嬉しいわ。有難う」

玄関の上り口に置いたままのシルバーの大型サムソナイトに視線を向けて、絵馬はたいして嬉しくもなかったが大げさに喜んでみせた。

萩子は父儀一と十歳違いだ。だから、絵馬が高校一年の時に嫁いできた時の萩子はまだ四十二歳のはずだったが絵馬の目には五十近くに映った。

彼女が義理の母となった日、

「私のことを無理して『お母さん』と呼ばなくていいのよ。絵馬ちゃんにとって、お母さんは天国のお母さんだけなのだもの。私のことは名前で呼んでね」

控えめに提案した萩子に、絵馬はあっさりと、

「そうするわ」

と答えた。一瞬だが萩子が寂しげに顔を曇らせたことに気付いた絵馬だったが、それで心が痛むということもなかった。

※

（この人、そろそろ五十になるのね）

今になってようやく、外見と実年齢がマッチしたってことか。いそいそとスーツケースを開いて着付けの準備を始めた萩子を冷ややかに見つめながら、絵馬は「おばさん」と腹の内で嘲《あざけ》った。

萩子は東京に二泊して今治市に戻っていったが、二泊とも絵馬のマンションには泊まらなかった。遠慮しないで泊ってと——親切心ではなく、単に退屈だったからだが——熱心に勧める絵馬に、

「実は明日、高階先生ご夫妻と午前十時に帝国ホテルで会うことになっているの。夢子ちゃ

んにいい縁談があって、使者に立つことになったのよ。まだ下準備の段階なのだけど、明日高階先生ご夫妻にお相手の家柄などお話しして、明後日はお相手のお母様と同じ帝国ホテルのロビーで会うことになっているの。だから、帝国ホテルに宿泊したほうが便利なのよ。だから、次の機会に泊めてね」

夢子の見合い話と聞いた瞬間、絵馬は血の気が引く思いがした。

（ここで、動揺を見せたら駄目）

絵馬はコーヒーカップを取るようなふりして、マホガニーのオーバル・ローテーブルにかがむような形で深呼吸して気持ちを落ち着かせた。やがて顔をあげると、

「で、お見合い相手はどんな人？夢子ちゃんにお似合いの、素敵な人でしょうね」

と、気のないふりを装って尋ねた。

「いろいろご迷惑をかけたから……いえ、高階さんご夫妻も夢子ちゃんもちっとも絵馬ちゃんを恨んだりはしてないのよ。むしろ、ご家族みんなが『絵馬ちゃんはお元気ですか』と案じてくれているわ。迷惑かけてすまなかった申し訳なかったと思っているのは、お父様のほうよ。それで、お父様が率先して夢子ちゃんのお相手を探してきたのよ」

「お父さんが？」

馬鹿親父めと絵馬は舌打ちしかけて、かろうじて止めた。

「お父さんが仲人の役をしたわけね」

「長らく愛媛県議会議長を務めた人のお孫さんで、このお見合い話が起きた時に私もお会い

したけど、若武者みたいにりりしくてとっても素敵な方だったわ。ご両親とも東大出身の大蔵官僚だそうで、ご本人も東京大学法学部を出て現在は都市銀行に勤務されているけど、学生時代から『一代飛んだ形になるが、自分はおじいさんの後を継いで政治家になりたい』と言っていたそうなの。だから、高階先生は話を聞いた段階で大喜びなさって『県議から代議士への道もあるが、夢子の婿になってくれるならしばらく秘書を務めてもらった上で国政選挙に立候補したらいい』と、正式に両家顔合わせの日を楽しみになさっているの」

「夢子ちゃんはそれでいいって？」

「ええ。私はじかに話してはないのだけれど、『両親が喜ぶ縁談ならそれでいい』って言ってるそうよ」

親思いの心優しい夢子がすべてを達観した気持ちで今回の話を受け入れたことを、萩子は十二分にわかっていた。「可哀想に」という言葉を飲み込んで、萩子は明るい口調で続けた。

「お見合い・結納・嫁入り道具の荷発送・挙式披露宴という段取りを踏みたいと——これは、高階先生の奥様の強い希望でね。『先では婿養子として高階家に入ってもらうにしても、いったんは他家に嫁がせることになるから、きちんとした手順を踏みたい』と仰るその母心は私なりに理解できるから、それで下準備にお会いするのよ。高階先生は元日だけ地元の広島だけど、二日三日は東京でご用があるからちょうどいいの」

「夢子ちゃんが今、東京に出てきているなら会いたいわ」

「夢子ちゃんは広島のお家で、秘書の人と年賀のご挨拶に来られたお客様をうまくさばいているそうよ」

「そうなの。明日、高階のおじさまおばさまに会ったら、よろしく伝えてちょうだいね。私は夢子ちゃんの結婚披露宴に招かれても欠席することになるけど」

「どうして？絵馬ちゃんは夢子ちゃんの大親友じゃないの」

「私が出席すると『噂の氷室絵馬が久々に公の場に姿を見せた』と騒然となるでしょうから、遠慮したほうがいいのよ」

「……でも」

「夢子ちゃんにもじかにそのように言って、私の気持ちをわかってもらうわ。それで、挙式披露宴はいつなの？双方に異存はないわけだし、あらましの日程も決まっているんでしょ」

「三月の夢子ちゃんの卒業式の翌日ということにしているから、目下、皆さんのスケジュールを調整しているところなの」

「萩子さんも仲人のお役目、大変だわね」

「ええ。今までは『座り仲人』という形でお父様と二人で仲人席に座っているだけだったけど、今回は実際に動かないといけないからいろいろ大変。でも、よいことで多忙なのは嬉しいわ」

心から楽しそうな萩子を見て、絵馬は腹を立てた。

（やはり、あなたは他人だわね。休学していたから、卒業年度が違うのは仕方ないけれど私と夢子ちゃんとは同い年なのよ。本当のお母さんなら、同い年の他人さまの娘の縁談成立を

手放しで喜んだりしないわ）

身勝手な理屈だったが、絵馬にしてみたら夢子に後れを取るのは悔しかった。

（面白くないわね）

不意に、仲人夫人の萩子が挙式披露宴の前に急死したらどうなるんだろうかという思いが脳裏をかすめた。と同時に、萩子が死んだら鬼頭代議士と縁が切れると思った日のことを改めて思い出した。

（高輪女学院の卒業式は例年、春分の日と決まっている。今日から数えて二ヶ月と二十日ほどの時間があるわ。その間に萩子が死んだらどうなる？）

仲人は夫婦が務めるものだから、父は当然のこと仲人役をおりるだろう。夢子サイドは代役を立てて予定通りに執り行うのかしら――いずれにしても、夢子とそのお相手の新しい門出にケチが付くのは間違いない。思いがけない事態に遭遇しておろおろする夢子を想像して、絵馬はにんまりした。

絵馬の胸中などわかるはずもない萩子は、

「絵馬ちゃんも大学を卒業したら、いいお話を紹介してもらいましょう」

と、慈愛に満ちたまなざしで微笑んだ。「天国のお母様だって、絵馬ちゃんの幸せな結婚を待ち望んでいらっしゃるわ。いつも守っていてくださっているんだから」

「ええ、そうね」

絵馬は気のない返事をした。

十四、殺人計画

最初は突拍子もない思いだったが、それが絵馬の頭の中で「確実な計画」と変貌していくのに時間はかからなかった。

計画の第一歩は、萩子を自分のマンションに頻繁に呼び寄せることだった。

「このところ、具合が悪くて食料品の買い出しにもいけないの」「頭痛がして起き上がれないわ」「特に何もしていないのに、倦怠感があるの。鬱病かしら」「きっと、夢子ちゃんを悲しい目に遭わせた罰が今になって我が身に降りかかってきたのよ。天罰ね」

しきりと、涙声で萩子に電話を入れた。萩子は、これまで心を開いてくれなかった絵馬が自分を頼ってくれることに深い喜びを感じた。

(仲良しの夢子ちゃんが先に結婚することで、ちょっぴり寂しくなったんだわ)

しっかりしているようでも、うら若い乙女なのだ。実母のようにはできないかもしれないけれど、私がしっかり支えてやらねば……萩子は襟を正す思いだった。

(初めて会った時、「私のことを無理して『お母さん』と呼ばなくていいのよ」と言ったのは、あれは強がってみせただけ)

本心では、萩子は絵馬から「お母さん」と呼んでもらいたかった。それが、肉親縁の薄い萩子の偽らざる気持ちだった。自分は血を分けた子を持つことは叶わなかったが、先妻久江がこんなにまで綺麗な女の子を残してくれたことに心の底から感謝の念を持っていた。初めて会った時から、萩子は絵馬をずっと愛してきた。

「気をしっかり持って。天罰なんてありはしないわ」

電話口で励ます萩子に、

「そう言ってくれて嬉しいわ。萩子さんの励ましでどれだけ私が元気づけられるか」

絵馬は毎回五分ほどで電話を切った。長話するといろいろと具合を聞かれてボロが出ることを警戒してのことだが、受話器を置く時に、

「でも、こんな話は絶対にお父さんには内緒にしてよ。これ以上、心配かけたくないから。約束ね」

と、か細い声でつけ足すことは忘れなかった。

「ええ、ええ。絵馬ちゃんのお父様を思う気持ち、私によくわかっていますとも」

「約束よ、お願いね」

しかし、萩子が父に相談するのはわかっていた。萩子は自分の身を案じて上京してくるだろう。儀一に隠していたのでは動きがとれない。だから、「心配かけたくないからと口止めされたんですけれど」と前置きして、必ず儀一の耳に入れるはずだ。

(お父さんもそれを聞いて、あいつにも親思いの面があるんだなあと思ってくれるわ)

父は豪胆だが涙もろい一面も持ち合わせていることが、絵馬にはよくわかっていた。

絵馬の不調を知らされた儀一は当然のことながら、

「泊りがけで行って様子を見てきてくれ。一泊二泊と言わず、具合がよくなるまで付いていてくれ」

と、萩子に頼んだ。夢子が幸せな結婚をするまでは絵馬を許すわけにはいかぬと堅く心に決めていた儀一だが、さすがに絵馬の体調不良は気掛かりだった。

※

一月も中盤を迎えた、木枯らしの舞う寒い日——

自宅マンションから外に出た途端、強い北風が絵馬の頬を打った。空は灰色の雲で覆われていて、天気予報によると夕方から雪になるらしかった。

「病院に一緒に行きましょうか」

出掛ける際に萩子が心配顔で尋ねたが、

「近くの内科クリニックだから、私一人で大丈夫」

と、弱々しいそぶりで答えた。この日も前日から「気分がすぐれない」とほろほろ言って、萩子を東京に呼んでいた。


行き先は内科クリニックではない。三つの条件にあった精神科クリニックだった。三つの条件とは、通学途中にあること・経験の浅い若い医師がやっているところ・他の人に会わないために完全予約制であること。

（老練な医者なら、私の芝居を見抜いてしまうかもしれない）

アンテナを張って調べた結果、大学近くにある「国分《こくぶ》メンタルクリニック」を見つけた。そこは特に大きな看板を出すこともなく、ファッション・ビルにはさまれた小ぶりの三階建ての建物の一階にあった。

予約の午前十時ちょうどに国分メンタルクリニックに到着した絵馬は扉の前でコートを脱ぐと、それを片手にかけて中に入った。

「十時に予約していた室生です」

院内は土足式になっていたから靴を脱ぐ必要はなく、そのまま進んで正面のカウンター窓口で名前を告げた。受付フロア自体はさほど広くはなかったが、壁紙は柔らかなピンク色に統一されていて天然素材の木製フローリングの床とあいまって温かな雰囲気をかもし出していた。完全予約制なので当然のことながら、他に患者の姿は見えなかった。

童顔の若い女事務員は数日前に予約してきた女性が氷室絵馬だと知って一瞬アッという顔になったものの、職場のことゆえ、すぐに表情を戻した。

「問診票をお渡ししますから、症状について該当するところにチェックを入れてください。その後、診察室にご案内します。コートはこちらでお預かりいたします」

コートをカウンター越しに渡して問診票を受け取った絵馬は「はい……でも」とオーストリッチ革の黒いクラッチバッグの上に乗せたまま、ためらいの素振りを見せた。

「何でしょうか」

「私、鬱病になっているんですわ。あの一件ですっかり参ってしまって、ペンを持つ力も失せて……書く力もありません」

週刊誌に派手に書きたてられてワイドショーでも繰り返し取り上げられたあの芸能ニュースを、この若い事務員が知らないはずはない。案の定、事務員は気の毒そうなまなざしになった。

「あの騒動は私が世間知らずでいけなかったのですけれど、問題になった彼が親友の恋人だったことで大いに落ち込んでいるのです。親友も彼女のご両親も『こちらが騙されたほうなのだから気にしないで、元気を出して』と励ましてくださるんですけれど、私はつらくてなりません。気持ちは塞がる一方で、悪いことばかり考えてしまうんです。よく寝られず、眠ってもすぐに目が覚めます。食欲もなく、自分が自分に向かって自殺を迫る夢までたびたび見るようになりました。こういう症状は本で読んだ鬱病に違いないと思い悩みつつ歩いていたら、この精神科クリニックが目に留まりました。神様のご配慮と思い、すぐに予約させてもらったんですわ」

絵馬の長い睫毛に見とれながら、事務員は、

「ほんと、大変でしたものね」

と、つい私情を口にした。目の前に立つ室生絵馬は目の下に隈が浮かんではいたが天女のように美しく、着衣の黒ミンクの縁取りのついた濃茶色のニットアンサンブルはよく似合っ

ていた。やや栗色に染めた髪も内巻きにカールされて、ふんわり優しげだった。（引退したとはいえ、この人はやっぱりスターだわ。でも、やつれて見える）

事務員は心底から気の毒に感じた。絵馬が念入りな病人メイクを施していることなど、事務員が気付くはずもなかった。

「悪いのですけど、私が言うからチェック欄にあなたが記入してくださらない？」

ツーッと頬に真珠のような涙をこぼす絵馬を見て、事務員はもらい泣きしそうになった。大きな造船会社の一人娘と聞いている。令嬢育ちなのだから、悪い人であるはずがない。遊び慣れた慶応ボーイに手玉に取られただけなのだ。可哀想に、可哀想に――

「問診票はご本人に書いていただく決まりになっていますから、先生に伺ってきます。そこの長椅子でしばらくお待ちください」

少しでも絵馬の力になってあげたいと願いつつ、彼女は医師のもとへと急いだ。

※

通された診察室は十畳ほどの広さで、こちらの壁紙はしっとり感のあるグレイで統一されており、床には壁紙と同色の厚目の絨毯が敷かれていた。室内の中央にマホガニーの大きなデスクとアームチェア、デスクの正面にゆったりした黒いソファがあるだけの部屋は、重役執務室のような感じがした。気が散らないようにするためなのか、窓は付いてない部屋になっていた。

「ゆったりした気分でいてください。問診票はお話を伺いながら、私が記入していきましょう」

白衣の医師は掛けていた椅子から立ち上がって、にこやかに絵馬を迎えた。前もって調べたところでは、医師免許取得年が1972年となっていた。浪人や留年なくストレートで来たならば、今年1982年で35歳になるわけだ。

（まあまあの技量だろう）

長身痩軀《ちょうしんそうく》、目元涼しく鼻筋通り、青春ドラマにでも出てきそうなハンサムぶりだった。しかし、そんなことはこの際どうでもいいことだ。絵馬は『院長・国分』というネームプレートに視線を当てて、

「よろしくお願いします」

と、ささやくような小声で挨拶した。

「事務の者からざっと伺いましたが、いつからその症状を感じるようになったのですか」

絵馬が着席するのを待って、医師もデスクをはさんだ自分の席に戻った。それを待っていたかのように摺りガラスのパーテーションの向こう側からでっぷり太った初老の看護婦が登場してきて、すっと医師の背後に立った。

（まるで、義経に仕える弁慶の女性版じゃないの）

触診などがある場合は医師本人に悪い噂を立てられないために第三者の存在が必要で看護婦を同室させるとは聞いていたが、精神科でも看護婦が傍に立つとは知らなかった。絵馬は、さりげなくデブの看護婦を観察した。

彼女は柔和な笑みを口元にたたえたまま、優しい目で絵馬を見つめていた。

（アンパンみたいにまん丸の顔。目も鼻も口もちまちまして間抜けな顔だが、若造の医師よりずっと老獪だろう）。

看護婦と思って、侮ってはいけない。ベテラン看護婦というものは、若い医者よりはるかに多くの知識を持っている。細心の注意を払って、慎重に話さねばならない。

「あの騒動以来、ずっと私は」

ここで、絵馬はいったん口を閉じた。そして、世間体を気にしている態度を見せつけるために看護婦と国分とをせわしげに視線を行き来させた。

「大丈夫ですよ。我々は守秘義務があります。職務上知りえたことを外部に洩らすことは決してありません」

デブ看護婦が言うと。国分も安心なさいというように大きくうなずいた。絵馬は週刊誌に発表した手記と同じ内容をせつせつと語り、語りながら何度となく指先で涙をぬぐってみせた。

（涙なんて一点を見つめて瞬きをしなかったら、一分もあったら流せる）

だてに女優をしていたわけじゃないのよ。自分の流す涙に恍惚《こうこつ》の境地になりかけた絵馬だったが、改めて気持ちを引き締めた。

「このところ、毎日のように自分が死体となって横たわる夢を見るんです。荒涼とした砂漠に一人かと思ったら、もう一人の私が傍に居るんです。そして、耳元で『あなたは罪深い人間。早く、自殺しなさい』とささやくんです。『首吊りか、線路に横たわるか、好きにしなさい』と繰り返すんですわ」

ここで絵馬は口をつぐんだ。それから、自分の背中と背もたれの間に置いていたバッグを膝の上に置きなおすと中から絹の白いハンカチを取り出し、しばらく目頭に当てた。医師も看護婦も静かに見守る中、絵馬は胸のうちで三十数えるまで顔を伏せていた。三十一で顔を上げると、

「私、自殺するのでしょうか」

と、弱々しく尋ねた。

「ここに相談に来ようと思う気持ちがある以上、自殺などしません」

羊のような優しいまなざしで優しく言う医師の後ろで、デブ看護婦もその通りですというように大きく頷いた。看護婦になるような人は皆心が優しいのだろうかと思った瞬間、不意に長谷部のことが脳裏をよぎった。

(そうだった。長谷部も看護婦だったわ)

長谷部の突然死、あれは夾竹桃の樹液が作用したのだろうか。まさか、偶然だわ……と思ったその時、長谷部の死に顔が目の前のデブ看護婦の顔と重なった。絵馬はアッと声をあげて両手で顔をおおった。

(いかつい顔の長谷部と目の前の看護婦とは似ても似つかない顔なのに、どうして急に思い出したんだろう)

絵馬は我知らず震えていた。自分でもどうして震えるのか、わからなかった。デブ看護婦が素早く絵馬の真横に来ると、

「落ち着いて、落ち着いて」

と肩を撫でさすった。真綿のような温かい手だった。

「先生に安心してお話しなさるといいですよ。どうか、元気を出して」

「有難うございます」

絵馬は背筋を伸ばすと、国分に向きなおった。

「安心して朝まで眠れるように、睡眠薬を処方してくださいますか」

軽い睡眠導入剤では駄目なのだ、ある程度の量の強い睡眠薬をため込みたかった。

「不安に思うこと、すべて話してみてください」

「……はい」

ひと通り話を聞き終えると、国分は絵馬の年齢を改めて確認したうえで適切な睡眠薬を三日分処方した。

※

以降、四、五日の間隔で絵馬はクリニックを訪れてそのたびに睡眠薬を処方してもらった。

「なるべく、お薬に頼らないでくださいよ。それと、容量を守ってくださいね」

「そうですよ。過剰服薬して救急車で運ばれたりしたら、また週刊誌が騒ぎますから」

心配する国分とデブ看護婦に、絵馬は弱々しくうなずいてみせた。

「母が愛媛からしじゅう来てくれていますから、大丈夫ですわ。母といっても本当の母は子供の頃に亡くなって、この人は義理の母ですけど。でも、いい人ですわ」

「しばらくの間、ご実家に戻って静養されたらいかがですか。愛媛でしたよね」

「ええ、それも考えたのですが……帰省して私の暗い顔を見せてしまうと、父は必要以上に心を痛めることでしょう。それに、私は最近になって大学に復学した身ですからこれ以上休んではますます卒業が送れてしまいます」

「頑張り屋さんですね、偉いですね」

デブ看護婦が優しく微笑みかけた。彼女に微笑みを返してから国分のほうに視線を向けると、彼もくるむような慈愛に満ちたまなざしで自分を見ていた。途端、絵馬はこの二人のことが重荷だと感じた。彼らを騙して萩子殺害の道具として使う睡眠薬をため込んでいることへの罪悪感からではない。あたかも、クリスチャンのような「神はすべて知っておられる」といった感覚――いや、感覚ではない。誰かからこの耳で聞いた言葉だ。絵馬は宙に視線をさまよわせながら、誰からだったかと思考を巡らせた。

そして、夢子の口から出た言葉だと気付いた。

(そうよ、あの子は広島から東京に出てきてしばらくの間、住まいの近くにある教会の日曜学校に通っていたんだわ)

罪は悔い改めましょう。弱さも神の力を受けましょう。全ての失敗やつまずきは全部、神に知られています――ヨハネがどうのこうのと言っていたっけ。夢子が、

「神はすべて知っておられるのよ」

真面目な顔で言うのが面白くなくて、

「日本人なのだから、キリスト教にかぶれるのはおやめなさいよ」

と強引に説き伏せて、日曜学校に通うのを辞めさせた。夢子があの教会の日曜学校で高沢信彦と出会ってなかったら、私も信彦と会うことはなかった。写真週刊誌に撮られることもなく、今も芸能活動を続けていただろう。それにしても、一連の週刊誌報道に抗弁することなく大学を辞して渡米していった信彦はどうしているだろう。私を恨んでいるだろうか。

「大丈夫ですか」

絵馬の表情から心にさざ波が立っているのを見て取った国分は、柔らかく絵馬に尋ねた。

「え、ええ。大丈夫ですわ」

弱気になったら駄目、私は前を向いて進むだけだ。

(東京に足止めされたまま今治市に帰れないのも、萩子の伯父鬼頭岩次郎のせいだ)

鬼頭に対する怒りを改めて呼びさました絵馬は、今に吠え面をかかせてやるわと改めて心に誓った。

※

ロッキード事件全日空ルートの同社幹部に執行猶予つき有罪判決が下った一月二十六日夕方になって、絵馬から切羽詰まった口調でクリニックに電話が掛かってきた。

「突然で申し訳ないのですが、閉院時間までに参れそうもないのですが、いつも出してもらっているお薬を頂きに伺ってもかまいませんでしょうか。睡眠薬に頼ったらいけないことは重々わかっているのですが——手元の薬がなくなって三日が過ぎて、案じていたように不安の波がまた戻ってきて昨日あたりから不吉な夢を見るようになったんです。それで処方してもらおうと……ただ、父が愛媛から出てきているので六時の閉院までに行けそうもないのです。心配性の父ですから、通院していることは隠しているんです。ただ、『六時過ぎたら商談の場である赤坂の料亭に向かう』と言っていますので、父が出掛けたらすぐに参れます。明日まで待てないくらいつらいんです。極力早く伺います、お願いします」

「診察をしないで処方するわけにはいきませんから、少しの時間ならお待ちしていましょう」

儀一が出てきているなどというのは絵馬の真っ赤な嘘だが、国分がそれを知るはずもなかった。恋人とのデートに早く帰りたがっている事務員と出産間もない娘の傍に付いていたい看護婦の気持ちを慮《おもんぱか》って二人を定時に帰らせると一人、待合室のテレビの前に陣取って絵馬の出世作と言われる『ああ、ひめゆり部隊』VHSビデオを観ることにした。これは、事務員が「感涙、感涙、ひたすら感涙です。先生もぜひ、お暇な時にご覧になってください」とわざわざ自宅から持ってきた作品だった。

絵馬が訪れた日から若い事務員は熱に浮かされたようになっていた。

『ああ、ひめゆり部隊』の絵馬さん、けなげで泣けますよ。美しく可憐でけなげな役柄は、まさに絵馬さんそのまんま。素晴らしいの一語に尽きます」

「おやおや、けなげな役をしたからといって彼女がけなげとは限るまいに」

「いいえ、あんなにまで綺麗な人はけなげで心清らかに決まっています」

若い事務員は力を込めた。

「遊びなれた慶応ボーイに騙されなかったら今も氷室絵馬として大活躍していたのにと思うと、本当に残念の極みです」

「引退しても君のような熱心なファンが居てくれて、室生さんは幸せだね」

「先生もニュースしか見ない主義をやめて、少しはこういう文芸娯楽作品をご覧になったらいいですよ。『ああ、ひめゆり部隊』で泣かない人はいません。ひとえに、絵馬さんの演技力が優れているからですよ」

事務員は身振り手振りで力説したものだ。


確かに泣かせる映画には違いなかった。薄幸の乙女を演じる絵馬は、国分の目にも可憐で純粋で素晴らしかった。

(監督がうまく指導したのだろうけれど、演技の才能は充分にある人なんだな)

早くに両親を失い、幼い弟妹と三人、必死で生き抜こうとするヒロインを次々と過酷な試練が襲いかかる……耐えて耐えて、ようやく初恋の人と幸せになれると思ったらその人は戦死、彼女もまた米軍との沖縄戦で従軍看護要員として動員されて集団自決を遂げる。

当時の実写映像もまじえているせいで、リアリティに富む重厚な作品に仕上がっていた。

(こんなにまで清らかでけなげな人が実際に存在するなら、是非ともお嫁さんになってほしいもんだ)

画面を見ながら、国分は苦笑した。学生時代から学部長夫妻に気に入られていた彼は見込まれて一人娘と結婚したものの、謙虚な親に似ない虚栄心の強い妻に辟易して一年もしないうちに別居、「離婚に応じない」という彼女と家事調停にもつれ込み、なんとか離婚は成立できたものの国分は大学病院に居づらい立場に立たされた。結局、銀行と交渉して開業に踏み切ることにした。幸い、兄とも頼る先輩から紹介されて雇い入れた看護婦は超ベテランだったから、クリニックの運営は開業当初からスムーズに行った。事務員は短大を出たばかりで「仕事は初めて」という頼りない娘だったが、話してみると実に気立てがよいので採用した。

早いもので、クリニックは今年の夏には開業三周年となる——開業医になるつもりはなかったのに、人生の転機はどこにあるかわからない。国分は苦笑いした。

※

「遅くなりました」

午後七時になりかけた頃に、絵馬は静かに現れた。蛍光灯の下、顔の白さを強調させるために数ある衣装の中から選んだ黒のニットワンピースを着た絵馬は、壮絶なくらい美しかった。

「気付かなかったが、いつから雨でしたか」

絵馬の片手にかけたベージュ色のバーバリーコートが濡れているのを見ながら、国分は尋ねた。

「ここにくる途中、急に降り出しましたが激しい雨でなく、防水加工してあるコートですから助かりました」

「まずは、診察室にどうぞ」

「時間外なのに、ご無理言いまして申し訳ありません」

「いいんですよ。寒いようでしたら、空調の温度を上げますよ」

「いいえ、結構ですわ」

さきほどまで観ていた映画のせいもあってか、国分の目に絵馬は傷ついたはかなげな小鳩のように映った。


椅子に浅く腰を下ろした絵馬とデスクをはさんで向かい合わせに座った国分はカルテを見ながら、

「この前にいらした日から毎日寝る前一回の服用で二日分残っているはずですが、もう在庫ゼロ?」

と、念を押すように確かめた。

「……はい。なかなか寝付かれない時は時間を早めて飲んだりしています。こういう飲み方がいけないことはわかっているんですけど」

「薬に頼ってはいけませんよ」

国分は考えるときの癖で顎に手をあててカルテの数字を再確認してから、「では、これまでは短時間型のHを出していましたが、中時間型のRを出してみましょう」

「短時間型と中時間型とはどう違うんですか」

「作用時間によって、超短時間型・短時間型・中時間型・長時間型の四つに分類されています。Hは五、六時間程度で効果が切れますが、Rですと七、八時間続きます」

「長時間型というのは?」

「中時間以上ということになりますが、さすがに必要ないでしょう」

絵馬は単刀直入に睡眠薬の致死量はどれくらいかと聞こうかと思ったが、思いとどまった。医者がそう簡単に教えるわけがない。

「寝ようとしても、これまでの出来事が走馬灯のように頭の中を駆け巡って息苦しくなるんですわ。それでつい夜中にもう一度、飲んだりしてしまうんです」

絵馬は視線を落とし、思い悩むように小刻みに左右に力なく首を振った。

「気を楽にして。思うことを吐き出してみてください」

絵馬は視線を上げて国分の瞳の中を探ったが、期待したものは感じ取れなかった。ファンが自分を見つめる時の熱っぽさはなく、深い湖のように冷静な医師の目だった。

(これは、女優と医者との真剣勝負)

絵馬はかすかにわかる程度に眉を吊り上げた。医学の知識だけで私に勝てると思っているのか。ハリウッドから招聘された女優の意地にかけて、絶対に勝ってみせる――

「写真に撮られた信彦さんは、高沢公望代議士の息子。私の義理の母は高沢代議士に対峙《たいじ》する派閥のボス鬼頭岩次郎の姪で、私の無二の親友夢子ちゃんは鬼頭代議士の派閥に属する高階十郎代議士の娘です。この構図から賢い人なら高沢信彦さんが私に接近してきた意図を読めたはずですが、私は愚かにも信彦さんのいかにも爽やかな外見に惑わされてしまいました。みんなに迷惑をかけた私は、どうしようもない大馬鹿者です」

国分はフンフンと相槌を打ちながら、正面に座る絵馬の表情を注意深く観察した。

(いつ見ても目の下にうっすら隈が出ている。可哀想に、まだ立ち直れてないんだろうなあ)

酒を飲ませてホテルの一室に連れ込むなんて、とんでもない慶大生も居たもんだ。学部は違っても慶応卒業生の国分にしてみたら、高沢信彦という青年は母校の恥さらしとしか思えなかった。

「狡猾な相手が巧妙に仕掛けてきた穴ぼこに落ちただけのこと。時と共に心の痛みは薄らぎ、立ち直ることができますよ。よくしたもので、人間はそのように出来ているのです」

「そうだといいんですが……近頃は自分の自殺ではなく、夢子ちゃんを鋭い刃物で刺し殺す夢を見るんです。信彦さんを刺し殺すのではなく夢子ちゃんを、です。どうしてでしょう。私は自分のことがわからなくなっています」

絵馬はわなわなと身を震わせて、ツーッと涙をこぼした。もちろん、意図的な涙だった。

「感情が昂《たか》ぶってしまって、ごめんなさい」

「どうぞ、続けてください」

「あんなひどい仕打ちをした信彦さんですが、まだ心には彼に対する未練があるんですわ。その未練のせいで、夢子ちゃん殺人という怖い夢を見るんです。目覚めて、猛烈な自己嫌悪に陥ります。近頃はこの繰り返しです。私はいつか、精神病院に行くことになるのでしょうか。とっても怖いです。私は狂いかけているんですわ。助けてください」

すがるまなざしは悲痛そのもので、国分にもそれが演技とは全く見抜けなかった。

「大丈夫ですよ」

彼は明るい笑顔を作ってみせた。

「まず、あなたは精神病患者ではありません。精神病患者とは、内界と外界の区別のつかなくなった人のことです。あなたはちゃんと区別ができているじゃないですか」

「でも、あのような夢を……」

「いろいろなことがあり過ぎて、神経が弱っているだけですよ」

「そうならいいのですが」

絵馬は両手で顔をおおい、肩を上下させる激しい泣き方をやってみせた。

「落ち着いてください。そんなに気持ちを昂ぶらせるものじゃありません」

国分は椅子から立ち上がるとデスクを回って、身も世もないように泣きじゃくる絵馬の背中をポンポンと柔らかくたたいた。

「大丈夫ですよ、大丈夫ですよ」

しばらくして彼女がクールダウンしたのを確かめて、国分は自分の椅子に戻った。

「自分勝手な妄想《もうそう》はいけません」

「妄想ですか」

顔を上げた絵馬の凄艶たる美しさに、国分は一瞬息を呑まれそうになった。

「根拠のない想像を妄想というのです。夢のことで、なにも苦しむ必要はありません」

「わかりました。これからは、そのように自分に言い聞かせるようにします。なんだか気持ちが楽になりました。それで……睡眠薬は最強のを出していただけますか」

「いや、そこまでの必要はないでしょう。今日処方するRはHよりは長めの効果ですから、これで充分です。一応、三日分お出ししておきます。眠れないからと、薬に頼る癖をつけたら駄目ですよ」

あらまあ、こんなに演技したのに最強を出してくれないの——がっかりした絵馬はこれ以上の長居は無用だわと立ち上がった。

「有難うございました」

「薬剤室から持ってきますから、そのままお待ちください」

「お金はここで？」

「事務員が既に帰宅していますから、次回一緒で構いません」

「そうですか――では、そのようにさせて頂きます」

絵馬が立ち去ったあともしばらく、診察室内に柑橘《かんきつ》系の甘い香りが残っていた。国分は久しぶりに甘やかな感情を覚え、カルテに書かれた患者名をソッと指でなぞった。

十五、萩 子

二月に入って三日間、雨と雪の混在したみぞれの日が続いていた。

(明日が立春か。暦の上では明日から春になるけれど、この調子じゃ当分、春の気配は感じられないな)

昼の休憩時間が来て、国分は「新しくできた本屋に行ってくるからね」とスタッフに断って外に出ることにした。いつもだと院長室に近所の蕎麦屋から日替わり定食を取り寄せてそれを昼食としたら、午後からの診療時間まで折り畳み式のパイプ長椅子を広げて仮眠するようにしていた。クリニックの中にゆったりした控え室を用意していたが、ここで骨休めしている看護婦と事務員に気遣いさせたくなかったので国分が控え室に行くことはなかった。

新聞の折り込みチラシなど見ないでそっくりそのまま捨てることの多い国分だったが、今朝のこと、たまたま『高輪女学院前にオープン』という文字が目に留まって「おやっ」と手に取った。チラシには「書籍・文具・ビデオ多数そろえてあります。レンタル可」と書かれてあった。

(こういう店だと、専門書の類《たぐい》は置いてないだろうけど)

覗いてみようと思った理由は高輪女学院の前の書店だから。自分では意識していないつもりだったが、絵馬が自分のクリニックに姿を現せてからというもの、「高輪」とか「女学院」という文字が耳や目に入るだけでハッと緊張感を覚えるようになっていた。

(室生絵馬は、大勢いる患者の一人じゃないか)

自分は医者なのだと強く戒めるようにしていたが、絵馬のことがいつも頭のどこかにあるのは否めなかった。


クリニックの玄関で着慣れた薄茶色のコートを着て、ポケットから皮手袋を出してはめると、国分は傘を広げた。

「大雪になったら、交通網が乱れるだろうなあ」

誰に聞かせるでもなくつぶやいて、国分は書店へと歩き出した。

※

十分ほど歩くと、高輪女学院のシンボル・マークになっている星飾りのついた尖塔が国分の視界に入ってきた。これまでは「女学院通り」と通称で呼ばれるこの通りを歩いても尖塔を見ても、国分の胸に何の感慨も起きなかった。しかし、今は大きく違って「高輪女学院」

が彼の心に特別な響きを持つ言葉になっていた。

正午過ぎたところだったから、大勢の若い女性が正門から色とりどりの傘を手にさんざめきながら出てきた。

（さすが女子大だ。華やかだなあ）

昼休みだから皆で外に食事に出るのだろう。国分は女学院前まで来て横断歩道を渡ると、新しく出来た書店へと入っていった。

店内は広く明るく、懸念したような若い子向けの書籍ばかりではなかった。しかも、本を買う前にじっくり中身を吟味できるようにと、そこここに木製の丸椅子と小さなテーブルが用意されているではないか。

（立ち読みならぬ、座り読みを許す店なのか）

これだとじっくり中身を吟味できる――国分はいい書店を見つけたと嬉しくなった。しかも、場所は高輪女学院の真っ正面だ。

（彼女の症状がよくなって来院しなくなっても、この書店で偶然出くわして話がはずむこともあるかもしれない）

そう思うと、少しだけ足取りが軽やかになった気がした。国分はあふれる人の中を縫うようにして奥の医学書コーナーへと向かった。

棚はけっこう充実していた。ゆっくり見ているうち、幾度もノーベル医学賞候補にノミネートされた（残念ながら受賞にはいたらなかったが）著名な東大名誉教授の書いた『神経症医学』『パラノイア』の二冊を見つけた時は飛び上がりたくなった。前からずっと捜していた本だった。

（この書店は自分にとって大当たりの店だ。またゆっくり出直してこよう）

キャッシャーで支払いを済ませて、大学側に渡って戻ろうと信号が青に変わった横断歩道に一歩足を踏みいれた時、なんと絵馬がこちらに向いて歩いてくるのが見えた。

まさか――と、国分は瞬きを繰り返してみた。間違いなく、絵馬だった。若い娘たちの中にいても頭一つ高かったし、何よりオーラが違っていた。見覚えのあるベージュのバーバリーコートをまとって、傘もバーバリー特有のチェック柄だった。数日前にクリニックに現れた時と違って、健康そのものに見えた。

国分は横断歩道を渡るのをやめて通行の邪魔にならないように脇に寄って、彼女が渡ってくるのを待った。そして、絵馬が国分に気付かぬまま通り過ぎようした時、

「室生さん」

と、呼びとめた。しゃきっとした姿勢で正面だけ見て歩いていた絵馬は名を呼ばれて、足を止めた。

「あっ、国分先生。どうして、ここに」

意外なほどの絵馬の驚きようだった。

「どうしてって……」

国分は苦笑した。「大学前に新しい書店がオープンしたと聞いて、クリニックの昼休みを

利用して覗きに来てみたんです」

　そこで、ふと絵馬の背後に立つ上品なグレイの和装コートをまとった中年婦人に視線が行った。

「お連れがいたのですか。これは失敬」

　軽く会釈すると、

「絵馬の母でございます」

　小ぶりの茶色の傘をさした小柄なその婦人は微笑みを口元に浮かべて、丁寧に頭を下げた。

絵馬が主治医である自分のことを母親に話しているはずと思った国分は、

「国分メンタルクリニックの院長の国分です。絵馬さんも顔色がよくて安心しました」

と笑顔で挨拶して、絵馬へと視線を戻した。

「Ｒに変えたら、以前より寝られるようになったでしょう」

　絵馬は硬い顔でごくわずかにうなずき、萩子のほうは怪訝《けげん》な表情になって国分を見つめた。

萩子も若い頃眠れない時期があり、睡眠薬を処方してもらって服用していたことがあった。

だから、Ｒが中時間持続する睡眠薬だということを知っていたし、店頭で買えない薬だということもわかっていた。

「Ｒって睡眠薬じゃないの？一体、いつから」

　背後から問いかける萩子の言葉を無視して、

「飛行機嫌いな母がフェリーと新幹線を乗り継いで東京に出てきてくれたのがお昼前で、今日は具合がいいからお昼を食べがてら食料品の買い出しに出てきたところだったんです。ランチタイムが過ぎてしまうから、失礼します。またよろしくお願いします」

そう言うなり、絵馬は振り返って萩子の傘を持つ手を取って足早に立ち去ろうとした。

「絵馬ちゃん、そんなに急《せ》かさなくとも」

「急がないと、お目当てのお店はすぐ満員となってしまうの。ここは今治みたいな田舎じゃないんだから」

絵馬の声は怒気を含んでいるようだった。

(何か、怒らせることを言ったんだろうか)

国分は当惑したまま、二人の傘が遠ざかっていくのを眺めていた。

※

この日夕刻、絵馬から電話が掛かってきた。

「困りますわ、先生。メンタルクリニックなんて仰るから母は『あなた、精神病なの』としつこく聞くし、弱りました。私たち世代は何とも思いませんが、母や父の年齢からしたらメンタルクリニックはイコールきちがい病院なんですもの。母が今治に戻って父に報告したら大変なことになりますわ、もちろん口止めしましたが」

「ああ、そういうことでしたか。急に不機嫌になったから何ごとかと……」

「母世代ですと、精神異常者と鬱病の区別もつかないんです。もしまた道でお会いすることがあっても、母と一緒の時は声をかけないでくださいますか」

日本人の多くは精神科にかかる人に対して、いまだに根強い偏見を持っている——国分は残念に思った。

「お母さんがこちらに通院しているのをご存じと思い込んで、配慮が足らなくて悪かったですね」

「実の母なら正直に話していたでしょうが、高校生になった時にやって来た母ですから遠慮が抜けないいんですのよ」

「そういうことですか。よくわかりました。しかし、元気そうな顔色でしたね。気になっていた目の下の隈もきれいに消えていて、安心しました」

「ええ。先生の処方してくださったお薬のおかげで、このところ熟睡できているからですわ。どうも有難うございます。お忙しいところ、お電話口に呼び出して申し訳ありませんでした。失礼いたします」

身体科と違い、精神科にかかる患者のほとんどが隠したがるものだ。それがわかっているから、国分としても絵馬の言い分を特別おかしいとは思わなかった。

十六、決　行

（急がなければならない）

昨日のことが頭から離れず、絵馬はいつもより早く目が覚めた。時計を見たら、ようやく午前五時になったばかりだった。

一晩中エアコンをつけて寝ると肌に悪いことを知っていたので、絵馬は就寝して三時間で自動的に電源が切れるようにセットしていた。すっかり冷え込んだ部屋のベッドの中からリモコンを使ってエアコン・スイッチ「最強」にして電源を入れると、五分ほど待って部屋全体が暖まるのを待った。それから、長めのカーディガンを寝間着の上から羽織って窓辺に寄っていき、カーテンを全開した。

(今日もまた雨か)

真冬の午前五時、まだ外は真っ暗だった。特注の黄緑色のカーテンは厚地のベルベッドで出来ていたので防音の役目を充分に果たしていた。そのせいで、雨音に気付かなかった。

「四日連続で雨というのも、たいしたものだわ」

誰に言うともなく言って、皮肉な笑いを唇に浮かべた。廊下をはさんだ和室で眠る萩子は、七時のＮＨＫニュースが始まる頃に起きてくる。まだ二時間は起きてこないだろう。予定では昨日今日と滞在して、絵馬のために食料品の買いだめや副食の作り置きしてから愛媛に戻る予定になっていた。

具合が悪いと言うたび、萩子はすぐに飛んできてくれた。口では怒っても内心は娘の身が心配でならない儀一の指図ということは、絵馬にもよくわかっていた。

(お父さんも意地を張らないで一言『許す』と言ったらいいのに、まったく頑固なんだから)

それにしても、昨日はまさにアクシデントだった。よもや、国分が大学前に新しくできた書店に現れるなんて夢にも思わなかった。

国分と別れてからも、萩子は、

「内科じゃなくて精神科にかかっているの？睡眠薬を飲んでいるの？」

と、しきりに聞いてきた。

「違うわよ。あの先生のメンタルクリニックはヤブで有名で、少しも流行ってないの。だから、患者さんを増やそうと診療科目に精神科以外に内科も掲げているのよ。数年前に私がインフルエンザの予防接種に行ったのをしつこく覚えていて、ああして道で会うと馴れ馴れしく話しかけてくる、それだけよ。睡眠薬の話なんて初耳。この辺りは芸能人も多く住んでいるエリアだから、別の芸能人と混同したんでしょうよ。私としては、あんな変な医者に関わりたくなかったからそのことについて答えなかったでしょ。いちいち反論していたら、相手が調子に乗ってますます絡んでくるのがわかっていたからよ。そもそも、私が今かかっている内科は別のところよ」

「そうなの。それにしても、そんなおかしな先生には見えなかったけど……」

「とんでもない。芸能人を知っているだけで得意がる、典型的なミーハータイプよ。サイン会で一言か二言、言葉を交わしただけですっかり舞い上がってお友達だと言いふらす人がいるように、国分メンタルクリニックのあの院長もそうしたタイプなの。まったく閉口しちゃうわ」

萩子はそれ以上追及したりはしなかったけれど、絵馬の言葉を丸々信用している顔ではなかった。

(何とかしなきゃ)

絵馬は視線を暗闇に向けたまま、あれこれと考えを巡らせた。絵馬は、自分に足止めを喰らわしているのは萩子の伯父だと信じて疑わなかった。だからこそ、萩子を殺したかった。それに、夢子の挙式披露宴直前に仲人夫人が急死したとなれば夢子の前途にケチがつく——この点も、萩子を殺したい気持ちに一層の拍車をかけることになっていた。

(まさか、国分が萩子と会ってしまうなんて)

絵馬が立てた筋書きでは、更年期障害で気分がすぐれないという萩子に自分の睡眠薬を勧めたところ、薬に無知な彼女が量を過ごして飲んでしまったというものだった。しかし、国分と出会ってしまった以上、そうはいかなくなった。萩子が健康面にとりたてて問題ないことは医者なら見てわかったろう。まったく、あのバカ医者は何を血迷って女学院前の書店に現れたのだろう。

「忌々しいったらないわ」

絵馬は舌打ちして、無意識にガラス窓に付着している水滴を指の先で撫でた。

「北海道あたりなら、外気との差が大きいから水滴は氷になって固まるのでしょうね」

何気なく口から出た言葉だったが、頭がフル回転し始めたように感じた。

(そうだ、氷を使えばいいんだ)

氷ならどこにでもある。そして、氷は時間とともに解けてなくなる物質だ。絵馬の頭の中で一つの絵が浮かんだ。

「氷の塊《かたまり》・頭を強打・氷は溶けて流れる」

重い氷塊《ひょうかい》が萩子の頭を直撃すればいい。絶命させるだけの氷塊とは一体、何キロ必要なんだろう……よくわからなかったが、うまくいきそうな気がした。

よし、これで行こう。

※

萩子殺害に氷を使おうと閃いた絵馬は今治市に戻る萩子を東京駅に送ってからいったん帰宅し、変装用に用意してあるボブスタイルのかつらと黒い丸フレームのメガネをかけた。そして、地味な格好で住まいとは離れたエリアにある家電店に行った。次に萩子が来るまでに氷塊を入れておくための小型冷凍庫を買うためだ。

「夏場なら各種出ているのですが、今の時期ですから店頭に出ているものだけでなんですよ。業務用ではありますが、一般家庭用の100ボルトコンセントが使用可能です。電源工事の必要はないですしキャスターが付いていますから、どこなりと簡単に移動できます。このとおり上開きになっていて冷気が逃げにくい構造で、庫内にはバスケットと仕切り棚も付いています。外形寸法は幅60センチ・奥行50センチ・高さ67センチで、内形寸法はこれより15センチほど小さくなって」

ごま塩頭の店員が長々と説明しかけたのを遮って、

「大きさは見たらわかります。これでいいです。明日の夕方に配達してください。送料はいくらですか」

絵馬はバッグから財布を取り出すと、表示されている32800という数字を見て一万円札四枚を彼に渡した。

「二十三区内でしたら送料はサービスさせていただいております。レジに行ってまいりますから、その間にご住所とお名前お電話番号をお書きになっていてください」

店員がボールペンと共に差し出した送り状に、絵馬はさらさらっと必要事項を記入していった。

「お待たせしました」

レシートとつり銭を持って戻ってきた店員は絵馬が渡した送り状に目を通したものの、その顔に特別な変化は見られなかった（もっとも、絵馬は宛名に室生絵馬とは書かず、室生絵里子と書いた。住所と苗字さえ合っていたら、ぶじに届くことはわかっていた）。

「延長コードは必要でしょうか」

「そうね。こういったものは結構モーターの音がうるさいから、ベランダに置いてもいいわね」

「お客様の場合、マンションですから外壁にコンセントが付いていますか」

送り状に書かれた〇〇マンションというところを見ながら尋ねたところを見ると、こうした注文に慣れた店員らしかった。

「残念ながら、外壁にはコンセントはないわ」

「室内では場所を取るからと延長コードで廊下に出す人もおられますが、どうしますか」

「いえ、それは結構よ」

萩子に見られてはいけない。まずは、萩子を呼び寄せる前に氷塊を用意しておくことだ。小型冷凍庫は、彼女が出てくる日にベランダに出せばいい。

（幸い、角部屋だから私の部屋にはルーフバルコニーが付いている。あそこに放りだしておけばいい）

ひさしのあるベランダ側だと萩子が洗濯物を干しに出ることもあろうが、絵馬の部屋からでないと出られないルーフバルコニーを萩子が覗くことはまず考えにくかった。

（その日が来たら電源を切って冷凍庫をルーフバルコニーに出しておこう。この寒さだ、保冷剤をたくさん入れておけばすぐには溶けないだろう）

キャスターが付いていてよかったと、絵馬は思った。


届いた日から工作活動を始めた。最初の考えでは家の製氷機で作った氷を冷凍庫に貯めていくことだったがすぐにこれでは埒《らち》が明かないと悟った。キッチンに置いてある冷蔵庫の製氷機は二段になっていて、一つの段にサイコロ型氷が十六個。二段式だから一度に三十二個作れるようになっていたが、測ってみると一個十グラムしかなかった。

（一度に三百二十グラムなんて、十キロ作るのに何日かかるものやら）

十キロを目安にしたのは特に理由はなかった。ただ、頭上に落下する氷塊が十キロ未満では死なないのではないかと思っただけのことだ。氷はスーパーの板状氷を使えばいい。

（厳寒の二月のうちに終わらせよう）

絵馬の住むマンション浴室は玄関を上がって右、廊下突きあたりに設けられていた。廊下から引き戸を開けると洗面所と浴室更衣室になっていて、浴室ドアは厚めのチェッカーガラスという模様入りガラスになっている。このドアは浴室側に押して中に入る作りになっていた。これが引き戸式だったり、更衣室側に引くドアになっていたら実行不可能だった。

絵馬は入念に頭の中で計画を立てた。浴室内に絵馬の体がすべり込める角度にドアを透《す》かして、壁に持たせかける形でドア上部に氷塊を置く。萩子が浴室に入ろうとドアを押した途端、上から氷塊が落ちる。氷塊は凶器となって萩子の頭を直撃する。砕け散った氷の断片は短時間で溶けるだろう。

浴室で転倒して死に至る事故は多いと聞く。

（警察が来たとしても、その間自分が在宅してなかったらいいことだ）

全体的に天井が高い造りになっていたのも幸いだった。浴室ドアのてっぺんから床までの高さは二メートルをゆうに超えており、ドアが少しばかり透いていても萩子が上部まで視線を向けるとは思いにくかった。

（まして、浴室のドアに氷塊を仕掛けてあるなんて夢にも思うものか）

成功の確率は高いと思えた。その日が来たら、萩子が食事の後片付けしている間に仕掛けるのだ。ディスポーザーや衣類乾燥機同様、食器洗い機も最初からこの高級マンションの各戸には備え付けられていた。しかし、几帳面な萩子は出てくるたびに「食器は手で洗ったほうが、隅々まできれいになる」と言って手で洗うのが常だった。

「食器洗い機という文明の利器を、どうして使わないの」

絵馬が聞いても、萩子は微笑んで、

「時間をかけて手で洗うと、食器一つ一つに気持ちがこもるでしょう」

としか言わなかったが、何かにつけて丁寧な彼女の性格の表れの一つと思えた。こういう面も今回の計画には大いに役立つわ——絵馬はほくそ笑んだ。

※

住まい近くにある欧米人もよく利用しているスーパーGは東京でもかなり高級な店だったから、生鮮品やベーカリー、自家製デリカテッセンなどすべてにおいて一流品であふれていた。世界の名酒がずらりと並んだ洋酒コーナーではオンザロックに使うロック氷を常時置いていて、グラスに入るサイズにカットされて一キロずつ袋入りで売っていた。それ以外に、プロのバーテンダーが好む板状氷を売っているのも絵馬は前から知っていた。

「板状氷だと、いちいち面倒じゃないの」

と聞いたことがあったが、スタッフの話では、

「アイスピックを使ってお客の好みに目の前で割ってあげると喜ぶそうで、バーテンダーの

皆さんは板状を買っていかれますよ」

とのことだった。

（金の延べ棒をもう少し細長くした形の二本入りで三百円、ロック氷と違って、板状氷のほうは一袋一キロではなく袋の端っこに一・八キログラムと書いていたっけ）

一・八キロ、つまり一八〇〇グラムだ。これで六袋、いや念のため八袋用意しよう。八袋あれば充分だろう。購入した板状氷を重ねて上から水をかけて固めたら、一つの塊になる。

一度に買うのもおかしいので二袋ずつ、数日の間をあけて買いに行くようにした。三回目のこの日、店内に入って洋酒コーナーに向かおうとした時、顔馴染みの女店長が小走りに近寄ってくるなり、心配そうに尋ねた。

「氷ばかりお買いになって、具合が悪いんですか」

予期しない問いかけだったので、絵馬は不覚にもうろたえてしまった。

「私が氷を買いに来ているの、店長さんはご存じだったの」

「『この頃、絵馬さんが板状氷をよく買いにこられる』とレジの子から聞いて、心配していたんです。プロのバーテンダーさんはともかくとして、一般の方が板状氷をお買いになる時はお酒に入れるというより、頭を冷やしたりするときに使うことが多いものですから」

いちいちレジの子は私の来店を店長に報告しているのかとうんざりしたが、絵馬はそんなことはおくびにも出さず、

「心配してくれて、どうも有難う」

と礼を言った。

「そうなのよ、近頃よく頭痛が起きるので氷嚢に入れて冷やすために買っているの。冷蔵庫の氷は少ないし小さいからすぐに解けてしまって、ちっとも役に立たないのよね」

「頭痛、ひどいようならお医者さんに掛かってくださいね」

「病気というより、私の頭痛は考え過ぎからきていると思うから気持ちが落ち着いたら自然に治るでしょうよ……たぶん」

絵馬より十歳ほど年長の女店長はデビュー当時から絵馬の大ファンだったから、絵馬に関する一連の週刊誌報道をくまなく読んで身内のように心を痛めていた。

『たぶん』だなんて気の弱いことを仰らないで、必ず元気出してくださいね。そして、いずれは芸能界復帰も」

「復帰はないと思うけど、今もこうして店長さんみたいな心優しいファンが居てくれると思うと勇気が出るわ。本当に、本当に有難う」

絵馬は笑顔で感謝の気持ちを伝えたものの、引退してからもまとわりつくファンの存在を迷惑極まりないと思った。

(事後、「板状の氷をよく買いに来ていました」などと言いふらされたらたまらないわ)

あと一回で合計八袋になったが、今回でやめておこう。六袋あるから、まあ何とかなるだろう。季節的にも潮時だ。

絵馬は新聞に掲載されている週間天気予報に注目して日別の天気や気温の推移を観察していき、二月二十七日土曜に決行しようと決めた。閏年《うるうどし》ではないので、月曜になると三月に突入してしまう。これ以上引きのばすわけにはいかない——

※

「このところ元気に学校に通っていたんだけど、三日前からまた調子が悪いの。食欲もないし、少し熱も出ているの。我慢も限界。萩子さん、こっちに出てきてくれる？お願い」

萩子に電話したのは二月二十六日金曜、切迫感を演出するために日暮れ時を選んだ。

「いつから悪いの？どうして早く知らせてくれなかったの」

絵馬からの電話を受けた萩子は、いつもより深刻だと判断した。

「この間から変な人につきまとわれて、弱っていたの。その人、『高沢代議士の息子さんはどこ』ってしつこく聞くから『警察に言うわよ』と言ったら姿を見せなくなったけれど、それ以来調子が悪くなってしまったの」

「男？女？」

「私くらいの年齢の、目付きの悪いまったく知らない女よ。またこんなことがあったら、その時は警察に通報するつもりだけど」

「ええ、それがいいわ。それで、食欲がないにしても栄養のあるものをきちんと食べているの？」

「適当に済ませているわ」

「適当だなんて、それはいけないわ。かかりつけの内科の先生はどう仰っているの。診てもらったんでしょう?」

「ええ。でも……『検査しても異常はないから、精神的なものでしょう』ってあっさり言うの。こんなにしんどいのに」

絵馬は、電話口ですすり泣いてみせた。

萩子から聞いた儀一は、

「今度こそ、絵馬の首に縄を付けてでも設備の整った大きな病院に連れていって診断を仰いでもらえ。本当ならわしが飛んで行きたいとこじゃが、筋は通さにゃいかんからな」

「高階先生ご夫妻だって夢子ちゃんだって、一度たりも絵馬ちゃんを責めたりなさらなかったじゃないですか。筋だのなんだの言わず、勘気を解いて絵馬ちゃんを早くこちらに呼び戻してください」

「いや、それはならん。夢子ちゃんが幸せな結婚式を済ませてからのことと決めとる。あんなに優しい夢子ちゃんを悲しい目に遭わせたのは、絵馬じゃ。高沢なにがしに騙されたと言うとったが、わしの目は節穴ではない。絵馬が夢子ちゃんの恋路の邪魔をしたんや。騙したのは絵馬のほうじゃ」

「そんなこと――推測にすぎませんわ」

「推測であろうとなかろうと、わしは盟友高階十郎に対してきちんと筋を通す」

「じゃあ、夢子ちゃんの挙式披露宴が終わったらお許しになるんですね」

「まあな」

『まあな』ではなく、本当に許すんですよね」

萩子に詰め寄られて、儀一は小さいながらも首を縦に振った。

「約束しましたよ」

「じゃがな、先走って絵馬に話したらいかんぞ。すぐに調子に乗るんやから」

「あなたが許しさえしたら、絵馬ちゃんの体調不良もサッとなおりますわ。可哀想に早くにお母さんと死に別れ、この世で親と名が付くのは父親のあなただけなんですもの。そのあなたから勘当みたいな仕打ちをされたら、絵馬ちゃんが精神不安定になるのも仕方ないことですわ。あなたがよくないんです」

「そんな怖い顔で睨むな。わかった、わかった。夢子ちゃんの挙式披露宴がおわったら、早々に手打ち式をしよう」

「まあ、やくざの抗争じゃあるまいに『手打ち式』だなんて」

苦笑しつつも、萩子はホッとしないではいられなかった。我が腹を痛めた娘ではないが、常に「我が娘なら」と思って絵馬に接してきた萩子だった。そうすることが子供のある人とわかっていて後妻に入った者の務めだと、萩子は考えていた。

電話のあった翌朝、萩子は今治銘菓『鶏卵饅頭』を絵馬のために買ってから在来線と新幹線を乗り継いで昼過ぎには絵馬のマンションに到着していた。


　上京した萩子が真っ先にしたのは、スーパーに食材を買いに行って具だくさんの散らし寿司を絵馬のために心を込めて作ったことだった。薄焼き卵を細切りした錦糸卵できれいに覆われた散らし寿司は小エビたっぷり、甘辛く似たレンコンやゴボウ、タケノコ椎茸など細かくカットされてずいぶんと手間暇かかったものだったが、絵馬はそれに感謝するふうもなく、

「気分がすぐれないの」

と早めの晩御飯が終わるなり、リビングの長椅子に横たわった。せっかく萩子が持ってきた『鶏卵饅頭』も有難がることもなく、包装紙のまま冷蔵庫に入れてしまった。

「この前絵馬ちゃんが『手土産に持ってきてくれた鶏卵饅頭、意外とおいしいものね』と言っていたから、お店に無理を言って朝早くに開店してもらって買ってきたの。後でゆっくり食べてちょうだい」

「……また後でね」

「元気出して。前に来た時より顔色がよくないみたいだわ。一体、どこが悪いんでしょう」

　絵馬の目の下の隈が彼女お得意の病人メイクによるものと夢にも思わない萩子は不安そうに、絵馬の額に自分の手のひらを当てた。

「熱はないみたいね。お父様が心配して『設備の整った大病院でよく診察してもらえ』って仰っているし、私が付き添っていくから明日にでもそうした病院に行きましょう。家の中で

部屋着のまま過ごしてばかりじゃ、気分も滅入るというものよ。クリニックじゃない、もっと規模の大きな病院、この辺りにあるんでしょう？」

「あるけど、大きな病院はどこも土日は休みよ」

「じゃあ、月曜に行きましょう。お父様からも『病名がはっきりするまで傍にいてやってくれ』と言われているの。だから、いつもより着替えも多めに持ってきたわ」

「いつもそうして着物で苦しくないの？」

「ちっとも。むしろ、洋服のほうがきつい感じがするわ」

「ふうん」

この日の萩子は、前と同じ濃紺の大島紬の上からえんじ色の綴れ帯を結んでいた。

「紬の中でも、大島って高いんでしょう。それに、職人さんの爪を使って糸をかき寄せて織っていく綴れの帯だってかなり高価と聞いているわ。萩子さんは大島紬や綴れ帯をどれくらい持っているの？」

「どれくらいかしら」

萩子は小首をかしげて考えていた。

「母にもらったものが大半だし、いちいち枚数を数えたことがないからわからないわ。でも、私が死んだらすべて絵馬ちゃんのものよ。自由に着こなしてちょうだいね」

「せっかくもらっても、私は一人で着物を着れないわ。女優をしていた頃は、担当が付いて着付けてくれていたし、今まで習ったこともないのよ」

「着付けなら、私に任せてちょうだい。大学を卒業して今治に戻ったら、私が教えてあげる」

萩子は、夢子の挙式披露宴が終わったら儀一の許しが出るということをよほど絵馬に話そうかと思った。しかし、儀一から堅く口止めされているのに先走って話したことが万一にも儀一に知られた場合、頑固者の儀一はへそを曲げることが懸念された。

(今は黙っていよう。でも、もう少ししたら、親子の仲も元に戻って一件落着)

今回のことで、自分と絵馬の距離が縮まったのだ。父娘の間の絆もこれまで以上に強くなるに違いない。後は、よいお婿さんだ。伯父の人脈も頼って、天下一のお婿さんを探してあげよう……明るい未来を頭に描いて、萩子はほかほかと心が温かくなった気がした。

「具合が悪いなら、食後のコーヒーやめておく?」

「萩子さんが飲むなら、デミタスにして少し頂こうかしら」

絵馬はテレビの上の置時計に視線を向けた。時計の針はきっかり午後七時半をさしていた。

萩子が濃い目にいれたコーヒーをデミタスカップに注いでくれたのを三口で飲み干すと、

「おなかいっぱいで眠くなったわ」

軽くあくびをしてみせた。「一緒に片付けないで悪いけれど、少し寝るわ。一眠りしてからお風呂に入ることにする」

「月曜になったら、設備の整った大きな病院に行きましょうね」

「そうね」

あなたに月曜があるならねと、絵馬は冷ややかに口の内でつぶやいた。

テーブルに出ている皿の数は多くなかった。散らし寿司を盛りつけた漆塗りの大鉢、取り分け皿、吸い物椀、それぞれの湯呑、先ほど飲んだコーヒーカップ。調理した時に使った菜箸や鍋などを含めてもたいしたことはなかった。

(これくらいの数なら、洗剤で洗ってすすいで布巾で水滴を拭き取って食器棚に戻すまで三十分ほどだわ)

強いて言えば大鉢と吸い物椀は高級な漆塗りだから萩子としてもより丁寧に扱うだろうが「勝負は最初の十五分だ」と、絵馬は素早く頭の中で立ててきた計画を反芻《はんすう》した。水の音がしている間に氷塊を設置する必要がある。

絵馬は萩子がキッチンに立って皿を洗い出したのを確認すると、自分の部屋に戻った。すぐさま、スキー用の手袋をはめて用意していたバスタオルを持ってルーフバルコニーに出た。萩子が今治から東京駅に到着する時間がわかってすぐ、冷凍庫をルーフバルコニーに移動させていた。六袋分十二枚の板状氷はきっちり重ねて合わせてから水をかけて、一個の塊になるように固め直してあった。

氷塊は外の寒さと保冷材のおかげで、電源を切った冷凍庫の中でも溶けた気配はなかった。

(二メートル五十近い高さから真っ逆さまに落下して脳天を直撃したら、ただでは済まないだろう)

寒風にあおられながら、絵馬はふと空を仰いだ。月も星も見えず、墨を流したような空だった。真っ暗だわと思った途端、本当にこれでいいのかという思いが胸をかすめた。

「やるしかないのよ」

絵馬は鼓舞するように口に出すと、急いで手にしたバスタオルに氷塊を包んで素早く浴室まで運んだ。

浴室のタイルの床にバスタオルごと氷塊を置いてから、絵馬は耳を澄ました。まだ、キッチンからは水音がしている。

（落ち着いて次に進もう）

洗面台前に二つ折りして置いてあるパイプ椅子を浴室に持ちこんで広げ、浴室ドアを自分の体が出せるだけの角度に透かしてからバスタオルをはずした氷塊をかかえて椅子の上に乗った。パイプ椅子ではあるが頑丈な造りになっていたから転倒の恐れはなかったものの、腕にかかえているのと違って頭上に凍った氷塊を持ち上げるためにバランスによほど注意しなければいけなかった。

「えいっ」

小さく掛け声をかけて曲げた片方の膝で氷塊をいったん受け止め、渾身《こんしん》の力を込めて斜めに透かしたドアの上辺と浴室壁とでうまく支えられる形で設置した。氷塊の位置を確かめてからゆるゆると椅子から降りると、湿ったバスタオルを丸めて二つ折りしたパイプ椅子と共に慎重に体をねじって浴室の外に出た。

（慌てない、慌てない）

椅子を元あった場所に戻し、バスタオルを腕に抱えて自室に戻った。緊張して汗びっしょりになっていたが、そんなことに構っている暇はなかった。素早く手袋を外してバスタオルごとルーフバルコニーに放り投げると、絵馬は再び浴室へと戻った。

ドアの角度を変えないように再び細心の注意で体をねじるようにして中に入り、浴槽に勢いよくお湯を落とし始めた。それからまた先ほどと同じようにドアの角度を変えないように十二分過ぎるほどの注意を払って、浴室の外に出た。

(乾いた服に着替えて、アリバイ工作に移ろう)

自室の壁にかかった時計を見たら、午後七時四十二分のところに針が来ていた。絵馬は素早く濡れた服を脱ぐとくるくるっと丸めてクローゼットに放り込み、代わりにグレイのニットワンピースを取り出した。タートルネックのすとんとしたシンプルな形だったが、コートを着るから下は何でもいいのだ。

頭からかぶるようにしてニットワンピースを着ると、絵馬はその上からシェアード加工された黒ミンクのコートを羽織った。地味なようでもミンク特有の輝きがあり、これを着ている絵馬は出会う人たちの印象に残るだろうという計算が働いていた。


「ちょっと、そこのコンビニに行ってくるわね」

片付けをほぼ終えかけていた萩子に声をかけると、

「あら、お風呂に入ったんじゃなかったの。急にコンビニだなんて、どうしたの？」

萩子は驚いた顔を向けた。

「お風呂に入りかけたのだけど、生理用ナプキンが切れていたのに気が付いたの。時期的には明日明後日から始まるかもしれないから、急いで買ってくるわ」

「具合が悪いのに出掛けるなんて、よくないわ。私が買ってくるわよ、コンビニはどの辺？」

「いいの。マンション出たすぐ裏側の通りだから、すぐに行って帰ってくるわ。それより、帰ったらすぐにお風呂に飛び込みたいからお湯を出しているの。あと五分ほどしたら、お湯を止めてね。ああ、でも先に萩子さんが入ってくれてもいいのよ、好きにしてね。玄関の鍵は閉めて出るから」

冷え症の萩子が寝る直前に入浴して体が冷えないうちに布団に入るという習慣があるのを知っていて、絵馬はそう言った。案の定、萩子は、

「私はもっと遅くに入るわ。テレビを見ながら待っているから早く帰ってね」

と、答えた。

「ええ、すぐ帰る。忘れずに五分したらお湯を止めてね」

「五分ね、わかったわ」

「じゃあね」

絵馬はくるりと背中を向けると、口の端をゆるめて冷ややかに笑った。

※

五分経ったので萩子が浴室に行きかけた時、リビングのキャビネットの上に置かれた電話が鳴った。この時間に誰だろうと思いながら受話器を取ると、

「よかった。絵馬ちゃんが居てくれて」

悲鳴に近い夢子の声だった。

「夢子ちゃん？私、萩子です。絵馬ちゃんは近くのコンビニまで買い物に出掛けているけど、じきに帰るわ。どうしたの？今、広島じゃないの」

「ミキモト本店にオーダーしていたネックレスとブローチのセットが完成したと連絡が来て、母が『結婚したら親子で出掛けることも少なくなるから、受け取りかたがた銀座を歩いてみましょう』と言い出して昨日から母と一緒に東京に出てきてるんです。今日も一日じゅう和光や三越を歩きまわって今さっき東京事務所に戻ってきたんですけど、急に母がおなかを押さえて苦しみだしたんです。この時間、東京事務所のスタッフは皆帰宅していて、広島の父に電話しても出掛けているのか全く連絡がつかないし……慌てて、絵馬ちゃんの電話番号に掛けていたんです。ああ、どうしたらいいんでしょう」

「ともかく落ち着いて。救急車を呼んだ？」

「いいえ、まだ。そうですね、すぐに救急車を呼びます」

「私が責任もって広島の高階先生に連絡しますから、とにかく救急車、救急車よ。私もすぐ病院に駆けつけるわ。病院に付いたら、その病院の名前を知らせて」

「わかりました。あっ、大変。母が吐いたわ」

そこで電話は切れた。萩子はすぐに儀一に電話して高階十郎に知らせるようにと頼んでから、夢子からの連絡を待った。幸い、十分もしないうちに夢子から電話があり、東京タワー近くのH病院に運ばれてすぐに処置室に入ったと知らせてきた。

「H病院ね、すぐにタクシーを拾ってそこに行くわ」

「お願いします」

夢子の動転した様子がひしひしと伝わる——萩子はリビングのテーブルに、

『昨日からお母様と上京していた夢子ちゃんから電話あり。お母様の具合が急に悪くなって運ばれたH病院に急いで行ってきます。様子がわかり次第、病院から電話します』

メモ書きを残して、財布だけを手にしてマンションを飛び出した。慌てたので防寒コートを羽織るのを忘れたが、それどころではなかった。

車道に身を乗り出すようにして走ってくるタクシーを止めて、萩子は行き先を告げた。

「大急ぎでお願いします」

タクシーが発進した時、浴室のお湯が出しっぱなし状態になっていることに気付いた。

(でも、絵馬ちゃんは「すぐ帰る」って言っていたから入れ違いで帰ってくるだろう)

お湯がどんどん流れているのはもったいないことだけど、それどころではない。夢子の母の様態のほうがよほど心配だ。

「たいしたことではないように」

胸元でギュッと手を合わせ、萩子はひたすら夢子の母の無事を祈った。

十七、齟《そ》齬《ご》

絵馬は萩子に告げたとおり、まずはマンション裏手にあるコンビニに寄って生理ナプキン小袋を買った。それを愛用の黒革トートバッグにねじ込むと、一ブロック先にあるコンビニにまで足を伸ばした。そこはコンビニに模様替えする前は個人経営の書店だったこともあり、本の取り寄せもしていた。最初に行ったコンビニと違って交通量の多い表通りに面しているコンビニだったから、客の数は比べものにならないくらい多かった。彼らの何人かは絵馬に気付いてちらちらと視線を投げかけてきたが、絵馬は素知らぬふりでレジに進んだ。

「ベネディクトの『菊と刀』を取り寄せてくれますか。何日くらいで届くでしょう」

レジに立つ二人の女店員のうち、若いほうに近寄って尋ねた。アルバイトの高校生なのか、見た目もひよひよとしていていかにも頼りなげだった。

「ええっと、ベネディクトという人の『菊と……』何でしたか」

「刀。ルース・ベネディクトの『菊と刀』よ」

「この注文書にご記入ください。こちらに届いたらすぐにお電話差し上げます」

「わかりました。ペンを貸してくださる?」

女店員はばちばちと瞬きを繰り返しながら、ジャケットの胸ポケットにさしたボールペンを絵馬に差し出した。マナーとして「氷室絵馬さんですよね」と聞いたりはしなかったが、完全に絵馬が誰かわかっている顔だった。

（この子は仕事が終わった後で興奮気味に『私は氷室絵馬と話をして、自分のボールペンを貸したのよ』と、同僚たちに自慢することだろう）

萩子が氷塊に脳天を直撃された時間、自分が外出していたという証明がとれたらいいわけだ。少しは警察が動くかもしれないが、氷は溶けて流れるし特に問題はなかろう。

「生理用ナプキンの買い置きを切らしていたとわかって、急いで近くのコンビニに行ったんです。そのまますぐに帰宅したらよかったのですけれど、前から読みたかったベネディクトの本を外出ついでに注文しようと思い立って、本の取り寄せをしてくれる遠方のコンビニまで足を伸ばした私がいけなかったんです。私の身を案じて愛媛から出てきてくれたというのに、一人のときに転倒するなんて何という間の悪いことでしょう。母は少し片方の足が不自由なので、お風呂場で滑って転んだんですわ。早く帰っていたらこんなことにならなかったのに」

慟哭《どうこく》してみせよう。私の演技力はまだ衰えていないことを周囲に見せつけてやる――

マンションに戻った時、腕時計をみたら八時半になっていた。子供の頃に住んでいたマンションと違ってここは通いの管理人だったから、夕方五時が過ぎるとさっさと帰っていた。

絵馬は誰もいないエントランスを抜けて、エレベーターに乗ると六階のボタンを押した。二、三、四、とエレベーターが六階に近づくにつれ、さすがに心臓は早鐘のようになっていた。「五分したらお湯を止めて」と言っておいたから、あの萩子のことだ、時間通り五分後に浴室に入ったはずだ。硬く凍った十キロの氷塊が二メートル上から脳天を直撃したら、無事ではいられまい。

（もし、浴室のドアを開けるときに萩子が上を見たら？）

そんなこと、ありえない。でも、半開きになっているドアを不審に思って、視線を上に向けたとしたら——

絵馬はうそぶいた。「その時はその時よ」

※

エレベーターのドアが開いて六階フロアに降り立つと、絵馬は一つ大きく深呼吸をした。

（最後の仕上げだ、落ち着け）

自宅マンションのドアの前に立ち、鍵穴にキイを差し込むと静かに回した。その時、玄関ドアが施錠されていないことに絵馬は気付かなかった。玄関ホールも廊下も廊下正面のリビングも、すべて煌々と明かりがついたままだった。

「萩子さん」

靴を脱ぐ前に大声で呼んでみた。返事はない。普段から絵馬は玄関三和土《たたき》に、フラットな靴・中ヒール・ハイヒールこの三足を並べていた。この時はミンクのコートに合わせてハイヒールを履いて出ていたから、三和土にあるのはフラットと中ヒールそして萩子の草履が並んであるはずだった。しかし、気が逸っていた絵馬は草履のことを失念していた。

「萩子さん」

再度名前を呼んでから、絵馬はトートバッグを上り口に置くとコートも脱がずスリッパも履かないまま右折して浴室へと続く廊下を急いだ。絵馬が更衣室ならびにジャージャーと音がしている浴室に電気がついてないことに頓着《とんちゃく》しなかったのは、結果を早く見たいと気が急いていたからだ。

浴室ドアが閉まっていないせいで、更衣室の中は湯気がこもっていた。壁のスイッチを押せば自分が透かしたドアの角度に変化がないことにも気付いたろうが、自分の不在中に夢子から緊急を知らせる電話があったなど露とも思わない絵馬は廊下の明かりを背にしたまま、萩子が倒れているものと思い込んで浴室ドアをグイと押すと一歩中に足を踏み入れた。

瞬間、氷塊が頭上から絵馬めがけて落下してきた。

「あっ」

氷塊が絵馬の頭を直撃するまでの零コンマ何秒の時間のはざまで、絵馬の双眸は闇にぼうっと立つ長谷部の姿をはっきりとらえていた。能面のような無表情の長谷部は白装束で頭に死人が額につける三角の白い布「天冠《てんかん》」を付けていた。

どうして、ここに長谷部が……と声に出す間もなく、絵馬はその場に倒れた。

絵馬の命が助かったのは、深部までかちかちに凍っていた氷塊が熱気でゆるんで柔らかくなっていたことと浴室に一歩踏み入れた時の体が斜め向きになっていたせいで氷塊の頭頂部直撃を免れた点にある。溶けかけていた氷塊は絵馬の頭部右側面をこするような形で落下し、右肩を強打してからタイルの上で砕け散った。

※

朝九時に出勤した国分に、事務員が開口一番、

「絵馬さん、大変だったみたいです。お風呂場で転倒して救急車で運ばれたそうです。今朝のモーニングショーで一番に言っていました」

と知らせた。国分メンタルクリニックは水曜日を休みとして、日曜は開いていた。だから、日曜のこの日も看護婦事務員ともに出勤していたのである。

「運ばれてすぐ、手術になったそうです」

国分は自分でもサーッと顔色が変わるのがわかった。日頃芸能ニュースに無関心の看護婦も飛んできて、口をはさんだ。

「手術は右肩だったそうですが、頭部側面もかなり腫れあがっていたそうです。どんな転び方したんでしょうね」

「それで、命には障りはないの」

「命には別状ないみたいです。外から帰ったお母さんが浴室でうずくまっている絵馬さんを発見して『大丈夫?』と問いかけると、うんうんとうなずいたそうです。お母さんが救急車を呼んで車に乗せる時にたまたまファンの人に見られて、それで一気に騒ぎが広がって今朝一番のスクープになったみたいです」

「側面といっても頭を打ったのなら、精密検査しないといけないだろうなあ。当然、運び込まれた病院で検査するだろうけど」

国分がコートを脱いでハンガーにかけるのを手伝いながら、事務員が興奮のあまり早口になりながら説明した。

「絵馬さんの親友の高階代議士の娘さんのお母様が胃痙攣《けいれん》で救急搬送されたのがH病院だったそうですが、娘さんから連絡を受けた絵馬さんのお母さんがH病院にタクシーを走らせて、高階夫人の容態が落ち着いたのを見届けて帰宅した直後に浴室入り口でうずくまっている絵馬さんを見つけて119番に電話、偶然にもまたH病院に行く羽目になったそうです」

いつも冷静沈着なはずの事務員も早口になって、

「高階代議士の娘さんから電話がある少し前に絵馬さんは近所のコンビニまで買い物に出ていて不在。それで、お母さんはテーブルの上にメモを残して出掛けて一時間くらいして戻ったら絵馬さんが浴室でうずくまっていたそうです」

と続けた。

「出掛けたときに羽織っていたミンクのコートも脱がないで浴室で倒れていたそうですけれど、何を急いでいたのでしょうねえ」

「あんな綺麗な人でも慌てるのでしょうか」

看護婦と事務員は競うように喋りまくった。絵馬が患者として目の前に登場してきた矢先の事故だったから、興奮するのも無理はなかった。

午前の患者が帰っていくと、二人は休憩室に置いてあるテレビの前にすっ飛んで行った。NHKはともかく、民放テレビはどこも絵馬の怪我を取り上げていた。この日ばかりは、国分も昼御飯を注文もしないで休憩室に姿を見せた。

「悪いが、僕も一緒に見させてね」

二人はテーブルに持参の弁当を広げてはいたが箸をつけた様子もなく、視線はテレビにくぎ付けになったまま「どうぞ、どうぞ」と答えた。

ちょうど、スタジオの男性キャスターの顔が画面の右隅に写し出され、絵馬が運ばれたH病院前に立つ若い女性アナウンサーと話している最中だった。

「それにしても、どういう転倒の仕方だったんでしょうか」

「どういう転び方をしたのかまだ具体的に発表されていませんが、怪我の部位は頭部右側面および右肩だということです」

「ちょうど愛媛から出てきていたというお母さんが発見した時の状況を詳しく話してください」

「先ほど申しましたように、萩子さんというこのお母様は鬼頭岩次郎代議士の姪にあたる人です。ファンの方は既にご承知と思いますが、絵馬さんの実のお母様は小学校に入る前に亡くなられています。実のお母様もたいへん温和な方だったそうですが、この萩子さんもいたって評判も良くて絵馬さんとも仲良くしていたそうです。このところ絵馬さんの体調がすぐれないということで、よく上京して世話をしていたそうです。事故の晩は、たまたま絵馬さんが近くのコンビニに買い物に出掛けて不在の時に親友の高階夢子さん――この人は広島選出の高階十郎代議士のお嬢さんで、絵馬さんとは高輪女学院中等部からの親友だそうです――、夢子さんは三月に結婚が決まっていまして、その関連のお買い物に上京してきたお母様と一緒に銀座でお買い物を済ませて東京事務所に戻った夜に突然お母様が苦しみ出したということです。動転した夢子さんは119番より先に絵馬さん宅に電話しましたが、先述のとおり絵馬さんは出掛けていて電話口に出た萩子さんが『落ち着いて救急車を呼びなさい』と指示し、その後夢子さんからの連絡を待って萩子さんは搬送先のH病院に駆け付けたということです。ストレスから来た胃痙攣だったそうで命の危険はないとのことで、萩子さんはしばらく居てからマンションに戻りました。これが午後九時過ぎだったそうです。帰ってみたら、電気のついていない浴室に絵馬さんが出掛けた時の姿のまま、うずくまっていたと言います。失神していたわけではなく、呼びかけには応じたそうです。萩子さんは絵馬さんに『動かないように』と注意してからすぐ、これで119番通報しました」

「それで、先ほど後にしたばかりの高階夢子さんのお母様が搬送された病院へと、再び絵馬さんに付き添っていかれたわけなんですね」

「そういうことになります」

「帰宅してコートも脱がず、まっすぐに浴室に向かったということはどうしてなのでしょうか。聞くところ、浴室も更衣室も電気はついてなかったんですよね」

「はい、私もそのように聞いています。絵馬さんがコンビニに買い物に行く前に『浴槽にお湯を入れているから、五分ほどしたら止めてね』と言い残して出掛けたというのです。それが先ほどから繰り返して申していますように、高階夢子さんからの電話があって慌てた萩子さんはお風呂のお湯のことをすっかり忘れて、飛び出してしまったわけです。帰宅した絵馬さんがお湯の音に気が付いて、リビングに向かう前にまっすぐ浴室に向かったのかもしれません。廊下やリビングには電気がついていたそうです」

「警察は『事件性はない』と発表していますからその点は問題ないでしょうが、絵馬さんもいろいろなことに巻き込まれてお気の毒ですねえ。また詳しいことがわかり次第、お知らせください」

画面はスタジオに変わった。主婦層に人気の高い中年キャスターは渋い顔をより渋くして、視聴者に向かって語りかけた。

「氷室絵馬さんは本名が室生絵馬さんと仰いまして、室生造船という日本屈指の造船会社の令嬢です。小学校から高輪女学院に通い、その美貌と優れた演技力とで短期間でスターの座に駆け上り、ハリウッドからも出演依頼されるほどでした。ところが、高沢公望代議士の息子さんとのホテルでの密会現場を写真週刊誌に撮られて、潔く引退を決意されました。あの引退会見で流した美しい涙を私もよく覚えています。一日も早く回復されますことを祈っています」

キャスターはきれいに話を締めくくると、次の話題に移った。

「リハビリにも時間がかかるでしょうし、大変だわ」

「いくら急いでいても、私なら玄関先でコートくらいは脱ぐけどなあ。ふつうのコートではなく、ミンクなんだから」

「そりゃあ天下の氷室絵馬なんだから、ミンクのコートもウールと同じ感覚で普通に着ていたんでしょう。我々とは違うわよ」

「でも、ウールのコートと違って重くないのかしら」

「私は持ってないから知らないけれど、毛皮なんだからウールよりは重いでしょう。でも、お湯の流れ出る音に『もったいない』と思って、脱ぐ間も惜しんで浴室に走ったのかも」

「それって、ちょっとおかしくない？」

「そうねえ。スターの家なんて行ったことがないからわからないけど、玄関に入った時点で浴室のお湯の音が聞こえたりするのかしら。そんな安っぽい造りじゃないでしょうに」

「家じゅうしーんとしていたら、意外と聞こえるんじゃないの」

「そうかなあ。それにしても、コートを着たまま浴室に直行してお湯を止めようとするなんてスターらしくない。ああ見えて、意外とお金に細かい人なのかしら」

「それはないわよ。だって、大会社の一人娘さんよ」

事務員と看護婦はしばらく勝手な意見をさえずっていたが、既に話題が別のものに代わっていたので「お弁当を食べましょう」とテレビのスイッチを消した。国分も椅子から立ち上がって自分の部屋に戻りかけたその時、

「これって事故にみせかけた事件かも——なんちゃって。いくらなんでも、それはないか」

事務員が何気なく吐いた言葉に、国分はハッとした。
（まさか……）
一つの疑念が国分の胸に湧きおこった。

十八、ロボトミー

若い事務員のつぶやきによってひょいと生じた疑念だったが、何日たっても国分の心で解消されることなく、日を追うごとにどんどん膨らんでいった。

外から戻った絵馬がお湯の音に気付いたからといって、高価なコートを着たままで浴室に向かうものだろうか。更衣室浴室のいずれにも電気はついてなかったということも、国分には不自然な気がした。それと、書店前で萩子という母親と長話をさせないようにした、あの態度。その後の絵馬のもっともらしい言い訳も筋が通っているように思えたが、冷静に思い返すとなんだか変だった。

（事故にみせかけた事件として、ターゲットは？）

義理とはいえ母親を狙う必要が絵馬にあったとも思えないが、あの状況で事件だと仮定するならばターゲットは萩子以外にいない――

ちょうど一ヶ月後の三月二十七日土曜の午後。国分は意を決して絵馬が入院しているH病

院を訪ねることにした。それとなしに事務員に絵馬の状況を聞いてみたところ、

「順調に回復に向かっているとテレビで言っていましたが、担ぎこまれた病院に今も入院しているみたいです」

ということだった。

※

暖かい昼下がり――国分は花屋に寄ってスイトピーや薔薇やマーガレットなど種々組み合わせて華やかなブーケを作り、H病院へと向かった。事故直後はあれほど人だかりができていた病院前も静かで、院内も整然としたものだった。

国分は受付で名前を名乗って、絵馬にお見舞いの花を届けたいと伝えた。

「お会いにならないと思いますよ。面会謝絶ということにしていらっしゃいますから」

「そんなに悪いのですか」

「そういうことでなく、見舞い客を装って週刊誌の記者が来たりしますからねえ」

受付に座る小太りの中年婦人はぶしつけに国分をじろじろ見た。濃紺のブレザーに薄水色のワイシャツ、ノーネクタイ。堅い商売の人とも思えぬ――そのように彼女の目は語っていた。

「怪しい者ではありません。様子が気になって、会わせてほしいんです」

国分が名刺を取り出して渡すと、受付の女性は、

「これ、本物の名刺ですか」

と、探るような目を向けた。

「もちろんですよ」

「ドクターなら、担当医に聞いたらいいじゃないですか」

どこまでも疑りぶかいまなざしを向ける受付女性に、

「医師として口外してはいけないことですが、彼女は引退会見後に僕のところにカウンセリングを受けに来ていたんです。今回の事故のことを知って早くお見舞いに上がろうと思いつつ、つい忙しくて今日になりました。絵馬さんに会えずとも、付き添いの人とお話させてくれませんか。僕の患者だった人ですから、気になるんですよ」

国分が繰り返して熱心に頼むうちに、相手も折れた。

「入院以来、ずっとお母様が付いておられます。入院当初はお父様も来られていましたが今はお仕事に戻られました。名刺を見せて伺ってまいりますから、ここでお待ちになっていてください」

しばらく待っていると、受付女性の後ろから藍色の着物をまとった萩子がやって来た。和服の知識のない国分には彼女の身にまとっている着物が大島紬という高価なものであることを知るはずもなかったが、上品な彼女によく似合っていると感心した。彼女の目は、傍に来る前から雨の日に国分と会ったことを覚えていることを示していた。

「あちらの椅子でお話なさるといいですよ。あそこなら目立ちにくいですから」

ぶっきらぼうながらも親切に自動販売機の後ろ側に置かれた長椅子を指し示してから、受付女性は自分の仕事に戻った。

※

「お忙しいところお見舞いに来てくださって、どうも有難うございます。母の室生萩子でございます」

名乗って一礼する萩子に見舞いのブーケを渡してから、国分は「座りましょうか」と彼女をうながして長椅子に並び座った。それから、

「以前に高輪女学院前の書店から出て来たところでお会いした、国分メンタルクリニックの国分です」

と、改めて自己紹介した。

「ええ、覚えておりますわ。内科もなさっていらっしゃるそうで」

国分はおやっと思ったが、

「医師免許を持っていたら一応、どの科も診ることが出来ます」

と応じた。萩子は静かな微笑を口元に浮かべて、国分を観察してみた。

(絵馬ちゃんは「つきまとって困る」と言っていたけど、そんな人には見えないわ)

熱烈なファンにつきまとわれてきた絵馬の過剰な警戒心がこの人のことを正しく見せなかったんだわ——と、萩子は思った。

「面会謝絶にしているそうですが、主治医の指示でしょうか。できたらじかにお会いしてお

話させてほしいのですが、いけませんか？」

「主治医の先生が『面会謝絶にしなさい』と言ったわけではないのですが……」

「週刊誌の記者たちを警戒しているんですね」

「そういうことではないんです」

苦しげな表情になって、萩子は続けた。

「右肩は手術後の固定から三週間が経過して、先日やっと抜糸できました。抜糸後再び添え木で固定した状態が続いていますが、あとはリハビリさえしたら回復します。日にち薬だと思ってさほど心配してないのですが、問題は右側頭部を強打している点なんです。頭部ＣＴや脳波の検査をしても異常は見られないのですが、入院以来ずっとぼんやりしたままなんです。担当のお医者様は精神的なショックからだと言っておられますが、一か月過ぎた今もぼんやりした状態が続くものでしょうか？まるで、ロボトミー手術を受けた人のようになっているんです」

「ロボトミーですか？」

ロボトミーとはかつて凶暴な精神分裂症患者に施していた手術方法の一つで、脳の前頭葉の一部を切除する。しかし、この手術を受けた患者があまりにも無気力になりすぎて、人道的な見地から既に行われていなかった。

「あれだけ活躍していた子ですからこんな思わぬ怪我をして衝撃が大きかったのだと思いますが、それでも一か月過ぎても無気力なままだなんて一体、どうしてなんでしょう。『体調がすぐれないから来てほしい』と絵馬ちゃんから電話があるたびに上京していましたが、どこが悪いかはっきりしないままで今度こそ総合病院に連れて行こうと決意して出てきた矢先、こんなことに」

萩子は声を詰まらせた。瞳が潤んでいるのを見て、国分は萩子が絵馬の身を心から案じているのだと悟った。

(いい人なんだな)

以前に絵馬から「母や父の年齢からしたら、メンタルクリニックはイコールきちがい病院なんです」と聞かされていたので、彼女の通院について触れる気は国分にはなかった。

「気持ちが弱っているせいか、ぼんやりした目を宙に向けて『長谷部さん、ごめんなさい。ごめんなさい』としくしく泣きだしたりするんです」

「長谷部さんとは？」

「本当のお母さんは久江さんというお名前ですが、病弱だったので幼い頃からずっと住み込みで絵馬ちゃんに付いていてくれていた看護婦さんですわ。就学前に久江さんが亡くなったので、東京に住まいを構えてそこから高輪女学院初等部に通うことになった際も一緒に付き添って東京のマンションで暮らしていた人です。この時のマンションはオイルショックの時に手放して、今のマンションとは違います。写真の一枚も残っていないので長谷部さんがどんなお顔立ちの人か存じませんが、主人は『責任感の強い、まじめで律義な人だった』と褒めておりました。若い頃は痩せていたそうですが、加齢とともに体重が増えて寝つきが悪くなったとかでお酒に睡眠薬を入れて飲むようになっていたのがいけなかったらしくて絵馬ちゃんが中学生の時に急性心不全で急死なさったそうです」

「要するに養育係りだった人なのですね。その長谷部さんが急死したということで、絵馬さんが『ごめんなさい』と謝る理由があるのですか」

「謝る理由というより、私が思うに母代わりだった人に孝行できぬまま逝かせたという悔いの心からだと思います。絵馬ちゃんにしてみたら、長谷部さんにもっともっと長生きしてもらいたかったんでしょう」

「亡くなられた時、長谷部さんはお幾つでしたか」

「勤め始めた時が五十前後だったそうですから、六十歳くらいかと。お隣に住まわれていた波方町立病院長のお話だと『仕事を完全に引退したら、四国八十八か所巡りをする』というのが口癖だったそうです。きっと心残りだったでしょうね、お気の毒に」

静かに耳を傾けながら、国分は長谷部の死に何か絵馬が関わっているのだろうかと考えてみた。しかし、さすがに中学生の絵馬が関与できるわけがないだろうと思った。

(心臓の弱っている人が睡眠薬をお酒と一緒に飲んで死に至ったという話は、とりたてて珍しくはない)

気持ちが弱った時、人は過去のさまざまな出来事を思い出して感傷的になって泣きだすことは多々ある。よほど、長谷部という看護婦になついていたということか。彼女の写真が一枚も残っていないと萩子は言うが、今のこの辛い時期に思い出してしくしく泣くほど大好きだった乳母ならば絵馬とのツーショット写真の一枚くらい額に入れて「この人が長谷部さんよ」と萩子に見せてもよかったのではないか――国分は不審を感じた。

「うずくまっている絵馬さんを浴室で発見した時に、何か気付いたことはありませんでしたか」

「気付いたこと……ですか」

一瞬だが、萩子は視線を宙に泳がせた。国分はそれを見逃さなかった。

「どんな些細《ささい》なことでもいいんです。何かお役に立つかもしれませんから、僕に話してみてください」

萩子はためらいつつ、答えた。

「絵馬ちゃんを抱き起こそうとした時、足で氷を踏みました」

「氷？」

「冷たいっと思って足元を見ましたら、氷が砕け散っていました。足袋を履いていてもひんやり冷たい、氷のかけらでした」

国分は、テレビから得た情報から一連の流れを頭の中でたどってみた。

（事故当日、絵馬は「五分ほどしたら浴槽のお湯を止めて」と言い残してコンビニに買い物に出た。ほどなくして、高階代議士の娘からの助けを求める電話を受けた萩子は動転してしまい、出しっ放しになったお湯のことを忘れて飛び出した。帰宅した絵馬は浴室に真っ先に行く理由があった。お湯の音ではない、別の理由があったのだ）

高階代議士の娘からの電話がなかったら、萩子は確実にお湯を止めるために浴室に入ったはずだ。

「間違いなく、氷だったのですね」

「はい。浴室内は湯気がたちこめていて、お湯は浴槽から溢れていました。『氷がどうして』と思う間もなく、飛び散っていた氷の破片はみるみる消えました。あれは錯覚だったのだろうかと不思議でならないのですが、足袋を通じて感じたあの冷たさは今も覚えています。でも、浴室に氷があったことは警察にも誰にも話していません。現物が消えてなくなっているわけですから」

国分の目がキラッと光った。

「ほかに何か？」

「絵馬ちゃんが入院した後、部屋の片付けをしていてルーフバルコニー側の窓を開けて外を覗いたら小型の箱がありました。ルーフバルコニーは絵馬ちゃんの部屋からでないと出られないのでいつからそこにあったのか気付かなかったんですが、何だろうと近寄ってみましたところ、小型の冷凍庫でした」

「どれくらいの大きさですか？」

「これくらいですわ」

萩子は両手を広げてサイズを示した。

「コンパクトサイズの冷凍庫ですね。新しかったですか？」

「新品みたいでした。中を見ましたが、何も入ってなかったです」

「ルーフバルコニーにはそれだけでしたか？」

「バスタオルと手袋が投げられていました。手袋はスキー用の分厚いものです」

「学生の頃、ハーゲンダッツのアイスクリームが大好きで自分の部屋にポータブル冷凍庫を置いてアイスクリームをご飯代わりに食べている妙な奴が居ましてね。『そこまでするか』と皆で笑ったものですが、絵馬さんは一体、何を冷凍保存したかったのでしょうね」

「どなたかから譲ってもらって、そのままルーフバルコニーに置いたまま忘れていたとか。それにしても電源をとらないと使えませんでしょうに、あんな場所に置くなんて」

当惑顔の萩子を横目で見ながら、国分の頭は霧が晴れるようだった。昔、氷塊殺人事件という記事を読んだ記憶がある。いや、違う。記事ではない、ミステリー小説の中で読んだ。

（不意をついて落下してきた硬い氷塊で、脳天をぶち割られて死ぬ話だった）

何というタイトルの小説だったろう、日本の作家ではなかったように思うが……絵馬がこの小説を読んでいたかどうかはわからないが、氷塊を使って萩子の命を狙ったのだ。何のためか、そこはわかりかねた。果たして、絵馬が萩子を殺してどんな得になるのだろう。

（父親の財産を、後妻にとられたくないから？）

しかし、それは考えにくかった。短期間でスターダムに駆けのぼった絵馬自身その年齢にそぐわないほどの大金を持っていたし、萩子とて大物代議士を伯父に持つ裕福な家の出身と聞いている。絵馬の父親が死んだときに、二人の間で相続争いが起きるとは考えにくかった。

万一、相続で絵馬が不満を言ったとしても、萩子なら争うこともなく絵馬に譲るだろう――この人なら、そうするはずだ。

国分は目の前の萩子の品のよさに心打たれた。

（どんな理由か見当がつかないが、この人を殺そうとしたのは間違いない）

ルーフバルコニーに放りだしていた小型冷凍庫が何よりの証拠だと思った。絵馬は冷凍庫に保存しておいた氷塊を斜めに開放した浴室ドアと壁とで支える形で設置し、自分の外出中に萩子が浴室ドアを開けるように仕組んだのだ。だから、予想外のことが起きたとは夢にも思わない絵馬は結果を早く知ろうとしてコートも脱がず浴室に直行してドアを押してしまった。途端、自ら仕掛けた氷塊が絵馬目がけて落下した――こういう一部始終だ。この推理で間違いなかろう。

「浴室ドアは引き戸ではなく、押して入る造りですよね」

「ええ。押して入る形ですわ。それがどうしましたか」

「いや、どういう形で絵馬さんは転んだのかなと頭で考えてみたんです」

「ドアを押して足を踏み入れた時に、すべって転んだんでしょう」

「絵馬さんはどうして、浴室入り口で転倒したと思いますか？」

「どうしてって聞かれても……人間、すべって転ぶことは多々ありますから」

「砕けていた氷については？」

「……絵馬ちゃんの美容法の一つかもしれません」

「美容法、ですか?」

「はい。絵馬ちゃんは新しもの好きですから『マヨネーズは卵黄とオイルで出来ているから、肌にいい』と雑誌に出ていたと言いまして、いっとき髪や顔にマヨネーズを塗りつけていた時期がありました。だから、今回も氷を使った美容法をどなたたから聞いて『試してみよう』と浴室に氷を持ち込んでいたのかも知れません」

萩子の表情は厳しかった。国分は、絵馬のために苦しい釈明をしている萩子が自分と同じ疑念を持っていることを確信した。

「絵馬さんを心から愛しているんですね」

国分の言葉に、萩子はうっすら頬を染めて深くうなずいた。

「絵馬ちゃんも夫となってくれた儀一さんも、私は心の底から愛しています」

国分は萩子の表情を窺いみた。萩子の本心だと悟ったその時――どういう具合か通路を一陣の風が走りぬけ、国分の鼻腔をくすぐった。会った時から感じていた芳香だったが、この瞬間はっきりと亡くなった母親が愛用していた香水だと認識できた。

「突然ですが、付けておられる香水はニナリッチから出ているレールデュタンですね」

「ええ、『時の流れ』という意味のレールデュタンですわ。よくご存じですね」

「中学生の時に病気で亡くなった母愛用の香水だから、わかりました。僕は、これ以外に香水の銘柄を知りません」

「まあ、お母様が……」

萩子はにっこりした。

「きっと、お優しいお方だったんでしょうね」

「はい、あなたのように心清らかな優しい母でした」

「私のように？それは、先生の買いかぶりというものですわ」

はじらって微笑む萩子を見て、国分は彼女が慈母観音のように思えた。

「私はレールデュタンが『時の流れ』という意味だと聞いて、時の流れを香りにしたらどんな感じだろうと興味本位で買ったのが最初でした。でも、大当たりでしたわ。ローズ、ジャスミンそしてカーネーションのスパイスが効いていて、これ以上の香りはないと思って、ずっとこれだけ使っています」

国分は日に日に衰弱していく母親の当時の姿を思い出し、つと涙ぐみそうになった。そして、愛する母と同じ香りを身にまとう萩子を守るために絵馬に会わねばならぬと気持ちを固めた。

（退院後の絵馬が再び、萩子殺害を企てないようにしないといけない）

国分は長椅子から立ち上がると腕にブーケを抱えた萩子に向かって、ソッと片手を差し出した。

「短い時間でいいんです。どうぞ、僕を絵馬さんに会わせてください」

がっちりした国分の手を握ると、萩子も立ち上がった。

「ご案内します」

萩子は目の前のこの長身のドクターを信頼していいと思った。

※

絵馬の入っている特別室は、かつて激務のために体調をこわして二ヶ月ほど入院した前首相が使っていたという四十畳もあろうかと思われる広い部屋だった。バス・トイレは当然のこと、簡単なキッチンブースがあり、付き添い人のためのコネクティング・ルームが続いていた。まるで高級ホテルのような贅沢な雰囲気だが、壁も天井も真っ白で統一され、ベッドの枕頭台にはナース呼び出し電話が据えつけられているところは病室そのものだった。

(それにしても豪華すぎる病室だなあ)

これほど広くてきれいな個室なら、一日につきかなりの額を払っているはずだ。大実業家の令嬢だし、当の本人もドル箱スターだったのだから当然といえば当然の部屋だった。

「絵馬ちゃん」

部屋中央に横向きに置かれた電動ベッドを半身起こした形で絵馬は起きていたが、ぼんやりと視線は宙を向いたまま萩子の声にも振り向かなかった。固定具で固定された右肩が痛々しかったが、その横顔は美容界の大御所から「最高のEラインを持つ女優」と褒めたたえられたとおり完璧に美しかった。Eラインとはエステティック・ラインのことで、鼻から顎にかけて結ぶ線のことである。

「絵馬ちゃん」

二度目の呼びかけにも絵馬は動かなかった。着ている寝間着は病院配給品でなく、シルク素材とはっきりわかる淡いグリーンの上質なものだった。

（この人が配慮したのだろう）

実母以上に優しい心配りのできる人だ。だからこそ、萩子に対して二度と危害を加えさせてはいけない。

萩子は絵馬のベッド脇に近寄ると、ブーケを絵馬の顔の前に差し出した。

「きれいなお花でしょう。国分先生がお見舞いに来てくださったのよ。いつもなら面会謝絶にしているけど、絵馬ちゃんが診てもらったことのある先生なら会ってもらってもいいだろうと判断したの。国分先生に回復に役立つお話を伺いましょうね」

絵馬はゆっくりと頭を動かして萩子の肩越しに国分を見た。驚愕《きょうがく》や動揺、あるいは不安が表情に表れるかと思ったが、その大きな黒い瞳からは何も読み取れなかった。

「お久しぶりです。大変でしたね」

国分は軽く会釈して絵馬のベッドの足元に立った。絵馬は国分の動きに合わせて視線を移動させはしたが、やはり表情は変わらなかった。

「早くお見舞いに来たかったのですが、いろいろ忙しくて……」

絵馬は国分に心の内を読み取られるのを避けるかのように、静かにまぶたを閉じた。

「絵馬ちゃんったら、ご挨拶もしないで」

「いや、いいんですよ」

　これまでの絵馬は前髪をおろしたスタイルだったからわからなかったが、見惚れるほどきれいな富士額をしていた。濃紺の細めのリボンで髪を押さえたオールバックスタイルは絵馬をとても可憐に見せていた。

（神は、この人を髪の生え際まで丁寧にきれいに作ったわけか）

　美しさに見合う心の優しさがあれば、これ以上言うことなかったのに……国分は悲しみを覚えた。

「絵馬ちゃん、頂いたお花を花瓶に挿してくるわね」

　萩子がキッチンブースに去った後、国分は絵馬に近寄って耳元で語りかけた。

「どうして、あなたは萩子さんを殺そうとしたのです？」

　絵馬はカッとまぶたを上げると、恐怖の色を走らせた。しかし、それも一瞬のことですぐにまぶたは再び閉じられた。国分は静かに言葉を続けた。

「氷塊を使って、あなたは萩子さんを殺そうとしたんですよね。どういう理由からか、僕にはわからない。でも、ルーフバルコニーに残されたポータブル冷凍庫、バスタオル、分厚い手袋――これだけで、僕には推理ができきました。あなたがまだ悪魔に魂を売り渡していないなら、退院後また萩子さんを殺害しようなどと考えないようにしてください。あの人はあなたのことを、亡くなられた本当のお母さんのように愛しています。あなたを浴室で発見した時に『砕け散った氷を足で踏んだ、間違いなく氷だった』と僕にだけ話してくれましたが、警察に話したりしません。もちろん、僕も警察に知らせたりしません。ですから、萩子さんに二度と手出ししないで下さい」

閉じた絵馬の瞳から涙がつつーっと流れた。国分はポケットからハンカチを取り出して、流れる涙をぬぐった。

「泣かないでください。萩子さんが心配します。あの人は、あなたのお父さんそしてあなたを心から愛しているんです。わかってください。あなたのその美しさに見合うだけの優しさが備わったその時こそ」

言い終わる前に、ブーケを活けこんだクリスタルの花瓶を抱えた萩子が戻ってきた。

「絵馬ちゃん、見て。きれいでしょう。どこに置くといい？」

国分はハンカチを素早くポケットにしまうと、「僕は命を懸けて、あなたを全身全霊で愛します」という言葉ではなく、

「天に召された人たちの霊安らかにと祈りましょう」

と言い残し、静かに絵馬の傍から離れた。

警察談話
「死を覚悟した室生絵馬さんが病室を離れる直前に残したのは『母に』と左手で書いたと思われるメモ書き一枚のみ。サイドテーブルに置かれてあった」

小説『Ｅｍｍａ――その総て』は、ここで終わっている。

エピローグ

現実世界において絵馬が飛び降りたあの時刻に病院前をバイクで通りかかった夜間ピザの配達人は、

「流れ星が落ちてきたみたいに、人が空から落下してきた。驚いて公衆電話に駆け込んで一一九番に電話したときに腕時計で時刻を確かめたら、午前零時十分だった」

と証言している。消防署側も、通報時刻を三月二十八日午前零時十分と認めている。

何がどうしてと誰もが思うことだ。はっきり言えることは――小説世界の人名を使って言うなら――萩子が控えの間でぐっすり眠ったのを待って右肩に固定具をつけた不自由な体で病室を抜け出して屋上にあがってフェンスを乗り越えるにはよっぽどの覚悟がないと出来ないということだ。

実際のことは誰にもわかりようがない。絵馬は献身的な義母への懺悔《ざんげ》の形として「飛び降り自殺」を選択したのかもしれない。あるいは、養育係だった長谷部の死に責任を感じたせいかもしれない。手掛りがあるとしたら、彼女が死ぬ間際にサイドテーブルのメモ用紙に左手で書き残した「母に」の一語だ。一度たりも「お母さん」と呼ばなかった義母に向けた言葉だったろうか。当時の報道では「気が弱っていたせいで、天国のお母さんに会いたいと突発的に考えたのでしょう」というものが多かった。

「短期間にスター街道を走ってきた氷室絵馬は才色兼備、挫折知らずの令嬢育ち。思わぬ事故で手術を経験し後遺症が残るかと不安になった挙げ句、一種の鬱状態に陥ってあのような死に方を選んでしまったと思われます。『母に』に続く言葉は、『会いたい』だったのではないでしょうか。天国でお母さんと会えた今、絵馬さんは幼な子に戻って存分に甘えているとでしょう」

などと、物知り顔でカメラの前で話す芸能評論家まで現れた。


小説世界と現実世界で一致する名前は、芸名氷室絵馬だけだ。登場する「室生造船」は愛媛県今治市波方町に本社があるという設定になっているが、現実の絵馬の実家は「室町造船」といって、愛媛県今治市波止浜《はしはま》町に今も立派に存在する。室町創業者の名前は同じ読み方だが儀一ではなく義一という字だ。室町義一は既に故人になっているが、義一は亡くなる前に従兄弟の娘礼子を養女に迎え、彼女に婿養子を迎えて盛大にやっている。

萩子という名で登場する室町義一の二度目の妻京子は今も健在だ。京都生まれだそうで、京子と書いて「みやこ」と読む。彼女が先年亡くなった大物代議士の姪ということは今治市の人なら誰でも知っている。「次こそ総理」と言われ続けた人だが、病魔には勝てず志を遂げることなく八十歳で亡くなった。京子が彼の隠し子だったかどうかは、誰も探りようがない。京子の戸籍をたぐってみても、妹夫婦の長女とはっきり記されている。足は悪くない。賢い彼女は黙して語らない。

高階十郎という名で登場している代議士は義一の盟友として知られた高山次郎だと思われるが、広島一区ではなく二区選出の代議士だ。絵馬と同学年の鮎子《あゆこ》は高輪女学院大学を卒業した年に隣県選出の代議士の息子と結婚しているが婿養子ではないし、当時も今も都市銀行に勤務する銀行員だ。彼は「今後、自分が政治家になることはない」と言明している。

高沢信彦のモデルはおそらく、絵馬のサイン会で知り合っていっとき交際中かと噂が立っていた慶応の学生だろうが、鮎子と接点があったかは不明だ。この学生の父は代議士ではなく、都内でトップクラスの総合病院の経営者だ。この人も「息子は慶応を中退してアメリカに渡り、報道カメラマンとしてそれなりに活躍しています。中退の理由ですか？ さあ、早くカメラマンになりたかっただけでしょうなあ」と笑って、いちいち雑音に動じたりしない。

この小説が出版されてかまびすしくなりかけた頃、室町京子は会社の広報を通じて「国富医師のお書きになった小説と私どもとはいっさい関係ありません」というコメントを発表した。

『Ｅｍｍａ――その総て』の人気は他の追随を許すことなく、みごとなまでの快進撃を続けている。映画化の準備は進み、ヒロイン以外のキャスティングは発表されたがヒロインのイメージどおりの女優が決まらないということで、一般公募という形になったと聞く。

発売からほぼ一年経過した今も「これはドキュメンタリーだ」とささやかれる謂《いわ》れは、室町義一が晩年になって自分と同年の親族の一人に語った内容に起因している。

「昔のことになるが、西条市の石鎚山のふもとの女占い師に『まもなく女の子が生まれます。その子には、災いを避けるために神社にちなんだ名前をつけるがよろしい』と言われた。馬鹿げたことと思ったが、親として無視できず、災いを避けるためと思って神社にある絵馬から名前をつけた。しかし、結局のところ絵馬は自殺という形で人生を終えたんじゃから、何があったにせよ、災いを避けることが出来なかった」

そう言って、男泣きしたそうな。そして、親族の老人は続けて言う。

「だいぶ前の事になるが、絵馬の墓参りに東京から来たという背の高い初老紳士にこの話をした記憶がある。物腰の柔らかい賢げな人だったが、国富医師かどうか定かでない」

聞くところ、国富医師の身長は一メートル八十五センチだそうだ。おそらく、この老人から話を聞いたのは国富医師と思って間違いないだろう。彼は義一の親族の老人から絵馬の名前の由来を聞いた。そして、長谷川辰子（長谷部珠子という名で登場するが、小説に書かれたような醜女ではない。残された写真で見る限り、美人の部類に入る整った顔立ちをしている）の姪から見せられた日記をもとに話を組み立てたのだろう。

この本を巡って、まだまだ話題は尽きない。「小説とは根も葉もある嘘である」というかの文豪の名言を頭に置いた上で『Ｅｍｍａ――その総て』を読んでほしい。そうすることで、絵馬の中に読者一人一人が自分自身の姿を投影できるはずだ。

「天に召された人たちの霊安らかにと祈りましょう」

小説の中の国分医師のこの言葉を結びとして、老い先短い老人の独り語りもこれにて終わりとしよう。　合掌

（完）

この物語はフィクションであり、実際の人物や団体や事件とは一切、関係ありません。

著者プロフィール

松本　敬子

昭和２９年１月愛媛県今治市生まれ

昭和５１年慶應義塾大学法学部（政治学科）卒

『幸せの翠《みどり》』で第８回長塚節文学賞(小説部門)大賞受賞

他に『時空を越えた恋』『四季の城下町』など

装丁・デザイン／伝堂 弓月

氷室絵馬―その総て　Printed in Japan

2019年7月20日　第1刷発行

著　者　松本　敬子

発行者　釣部人裕

発行所　万代宝書房

〒170-0013

東京都豊島区東池袋１丁目34番5号

いちご東池袋ビル 6階

電話 03-5956-0140（代表）　FAX 03-6914-5474

ホームページ：http://bandaiho.com/

メール：info@bandaiho.com

印刷・製本　小野高速印刷株式会社

落丁本・乱丁本は小社でお取替えお願いします。

ISBN　978-4-910064-00-0　C0093